René Sommer   Mit den Händen ein Herz

Zuletzt erschienen:

Schwan im Spiegel. Kurzgeschichten (edition jeu-littéraire).
ISBN: 978-3-7543-5696-8

René Sommer

Mit den Händen ein Herz

short stories

Bibliografische Information der Deutschen Nationalbibliothek:
Die Deutsche Nationalbibliothek verzeichnet diese
Publikation in der Deutschen Nationalbibliografie;
detaillierte bibliografische Daten sind im Internet über
http://dnb.dnb.de abrufbar.

Editor Factory: ib-lyric
Author Photo: Erika Koller
Cover Image: Itta Beaux

Herstellung und Verlag:
BoD – Books on Demand, Norderstedt

ISBN: 978-3-7392-3041-2

Inhalt

Die Erdbeeren

Im Wald geriet Golo vor eine Röhre, die durch einen Erd-
hügel führte.

„Wieso", fragte er sich, „soll ich hindurchkriechen? Ich
könnte mir einen Unterschlupf mit einem Bett aus Laub
und Moos einrichten."

Er sammelte, trug Blätter und Moospolster in die Röhre,
fand einen Gleitschirm im Wipfel einer Eiche, zog ihn hinunter. Damit schloss er den Röhreneingang, legte sich
hinein und tagträumte. „Ich könnte Musik machen, aber
wie?"

Er pfiff kurz, lauschte auf den Nachhall. „Ich bin damit beschäftigt, in den nächsten Momenten herauszufinden, wie
ich den Hall beschreibe. Das wäre das große Ziel."

Golo suchte nach Worten, entschied sich für „Klangwun-
der", schob den Gleitschirm beiseite, sah sich um, entdeckte eine zweite Röhre.

„Nun habe ich die Wahl. Welche Röhre soll ich zu meiner
Wohnhöhle machen?"

Doch die zweite Röhre war bewohnt. Eine Frau kroch heraus, umarmte ihn, steckte ihm eine Blume an, lief weg.

„Guter Rat ist teuer", sagte er sich, „wo finde ich eine Vase
für die Rose?"

Ein Mann trat in den Wald. „Ich habe 3 Dinge, die runde
Vase, die Tasse und die Schüssel. Was willst du?"

Golo musste kurz nachdenken. „Die Tasse ist zu klein für

die Blume, die Schüssel zu groß. Ich nehme die runde Vase."

Der Mann schenkte sie ihm. „Ich bin froh. Jetzt habe ich nur noch 2 Dinge zu tragen."

Er verschwand im Unterholz.

Golo machte sich auf die Suche nach Wasser. „Ein Bach käme in Frage, ein Wasserlauf."

Am Waldrand plätscherte ein Brunnen. Auf dem Trog saß eine Frau. Sie empfahl Golo: „Trink täglich Grüntee."

- „Grüntee? Was ist Grüntee", erkundigte er sich.

„Ich kann dir welchen anbieten. Mein Haus steht ganz in der Nähe. Tee habe ich bereits gekocht. Ich könnte fast sagen: Er wartet auf dich."

Er folgte ihr zum Haus. Das Dach sah wie ein Blatt der Teepflanze aus. Vor dem Eingang standen Tisch und Stühle. Die Frau holte einen Krug, füllte eine Tasse und bot sie ihm an. Golo stellte die Vase mit der Rose auf den Tisch. „Sie gehört dir."

Die Frau dankte. „Schon lange habe ich mir eine Rose gewünscht. Dazu gar noch eine Vase, das übersteigt fast meine Erwartungen."

Golo kostete den Tee. „Er schmeckt blumig, süß, leicht bitter."

- „Willst du mehr trinken?" fragte sie.

„Nein", antwortete er, „ich wollte ihn bloß probieren."

- „Du wirst feststellen, dass sich alles verlangsamt, sobald du die zweite Tasse trinkst", sagte sie, „und dann wird der Ruf nach Beschleunigung laut."

- „Das wäre zweifellos eine merkwürdige Wirkung. Da lasse ich lieber die Finger davon", entgegnete er, „soll ich dir beim Waschen der Tasse helfen?"

- „Sicher nicht", lachte sie, „du musst dich um nichts kümmern."

Golo schlug den Zickzackpfad ein, der in den Wald stieg. Ein kleiner Igel kreuzte seinen Weg zwischen 2 riesigen Felsblöcken. Golo hielt inne, ließ ihm den Vortritt. Nachdem er den Gipfel erreicht hatte, sah er einen Mann, der den Bergkamm überquerte. „Willst du mir deinen Hut verkaufen?"

- „Den brauche ich noch", antwortete Golo.

Am Hang grasten Schafe. Golo betrachtete ihre Augen. Eine Frau, die den Weidezaun ausbesserte, erklärte ihm: „Oft wollen Schafe über ihren Blick mit dem Spaziergänger kommunizieren. Allerdings stoßen sie selten auf Verständnis, weil es viele Passanten zu eilig haben. Aber du sorgst doch hoffentlich schon dafür, dass du zum Durchatmen, zum Luftholen kommst."

- „Durchaus", bestätigte Golo.

„Man muss auch abschalten können", rief ihm die Frau nach.

Der Weg führte in einen Birkenhain, wo er einem Mann begegnete, dessen Arme mit bunten Tattoos verziert waren. „Hast du einen Fuchs gesehen?"

- „Nur einen Igel", berichtete Golo.

Der Mann erklärte: „Mittags sind nur wenige Füchse unterwegs. Weißt du, was sie interessant finden?"

- „Vielleicht Mäuse?" fragte Golo zurück.

„Aber auch Schuhe und Katzenfutter", ergänzte der Mann, „sie lassen nichts aus. Lass nur nichts rumliegen!"

- „Das habe ich nicht vor", versicherte Golo, verließ den

Birkenhain, lenkte die Schritte zu einem Gießbach. Wasserfälle rauschten über die Felsbänder. Eine Frau begeisterte sich für die Fische: „Sie haben faszinierende Fähigkeiten. Man kann viel von den Fischen lernen."

Golo schaute zu, wie eine Forelle die Felsenstufe übersprang.

Die Frau hatte Himbeeren gepflückt, bot sie Golo in einem kleinen Korb an. „Sehr beliebt sind sie im Joghurt oder Eis. Am besten schmecken sie frisch vom Strauch."

Er erkundigte sich: „Wo wachsen sie?"

Sie begleitete ihn zum Ende des Felsenbandes, zeigte ihm die Sträucher. „Hier in der Gegend kenne ich jede Ecke, jeden Strauch."

Er pflückte eine Himbeere direkt in den Mund, entdeckte einen schmalen Wiesenpfad, geriet in einen Baumgarten. Ein getigertes Kätzchen schrie im Wipfel eines Kirschbaums. Mit einer Leiter wollte ein Mann das Tier vom Baum holen. „Leider bin ich nicht schwindelfrei."

Er stellte die Leiter an. „Traust du dich?"

Golo stieg auf die Leiter, verharrte ruhig, bis das Kätzchen neugierig wurde, die Nasenspitze gegen seine Hand stupste. Er nutzte den Moment, ergriff das Kätzchen mit der Hand, führte es an seine Brust. Es kletterte auf seine Schulter, während er behutsam die Leiter hinunterstieg. Kaum war er am Boden, sprang das Kätzchen mit einem Satz ins Gras.

Der Mann atmete auf. „Du hast es gerettet."

„Sagen wir es so", meinte Golo, „es hat sich weitgehend selber gerettet."

Der Mann berichtete: „Ich habe allerlei Besucher im

Baumgarten. Willst du sie kennenlernen?"

Bevor Golo antworten konnte, schob der Mann einen großen Holzlöffel in einen Honigtopf, legte ihn auf die Sitzbank neben dem Kirschbaum. „Du wirst sehen, der Gast lässt nicht lange auf sich warten."

Das Kätzchen floh. Brummend kam ein Braunbär gelaufen, stellte die Pranke auf den Löffel und schleckte den Honig weg. Ebenso schnell wie er aufgetaucht war, trollte er sich.

„Habe ich es nicht gesagt", frohlockte der Mann und legte diesmal eine Banane auf die Bank, „er wird wohl kaum der einzige bleiben."

Von Ast zu Ast schwang sich ein Affe durch die Wipfel, schnappte die Frucht und lief hüpfend davon.

Der Mann rieb sich die Hände. „Es gibt ein gutes Bauchgefühl, Tiere glücklich zu machen."

Er blickte Golo an. „Für dich hätte ich Kuchen."

- „Gerne ein andermal", wehrte Golo ab und wandte sich zum Gehen.

Auf der Landstraße traf er eine Akkordeonspielerin und einen Trompeter.

„Wir finden", sagte die Spielerin, „dass unsere Instrumente gut zusammenpassen."

- „Und wir geben dir auch gleich eine Kostprobe", fügte der Trompeter bei, holte tief Luft.

Sie spielten ein kurzes Stück, tanzten dazu.

Die Akkordeonspielerin schlug den Weg zu einem Haus mit einer Eingangstür aus Eiche ein. „Wenn ich hier anklopfe, lege ich immer das Ohr an die Tür."

Das führte sie auch gleich aus, horchte auf. „Heute haben wir Glück. Ich höre Schritte."

Eine Frau öffnete. „Wollt ihr mir ein Ständchen bringen?"
Der Trompeter wischte das Mundstück ab. „Nur, wenn es
erwünscht ist."

- „Herzlich erwünscht", versicherte sie, lenkte den Blick auf
Golo, „welches Instrument spielst du?"
Golo antwortete: „Im Moment spiele ich kein Instrument,
sehe einfach zu, wo mich die Landstraße hinführt."

- „Das hat noch gute Weile", meinte sie, „nach dem Ständchen offeriere ich einen kleinen Imbiss. Du bist auch eingeladen."
Er dankte, ließ sich jedoch nicht aufhalten, sondern folgte
der Landstraße in einen Wald, der sich von Bergflanke
zu Bergflanke erstreckte. Auf einer Lichtung saß ein
Maler. Er hatte eine Kartonmappe mit einem Blatt auf
den Knien, zeichnete mit Bleistift und Kohle Farn und
Föhrenwurzeln. „Wer mit offenen Augen durch den Wald
geht, findet überall schriftartige Linien", erläuterte er, zog
kühne Striche, wie um seine Worte zu untermalen. „Das ist
eine Vision, noch nicht mehr. Zuhause male ich dann mit
Acrylfarben", fügte er bei, „besuche mich im Atelier. Ich
zeige dir mein Werk."
Er beschrieb die Lage seines Hauses, betonte: „Es eilt
durchaus nicht, aber wenn du eh in der Stadt bist, zeige
ich dir alle meine Bilder."
Golo guckte ihm über die Schulter. „In der Stadt werde ich
daran denken."
Hinter der Lichtung verzweigte sich die Landstraße. An den
Bäumen schimmerten die Blätter. Die Glocke läutete aus
einem Dorf. Golo verließ den Wald, kam an Blumenwiesen
und Vorgärten vorbei. Ein Goldfisch schwamm in einem

Teich. Am Dorfrand begegnete ihm eine Radfahrerin. Sie hatte einen Anhänger am Velo befestigt. „Ich bringe mein Kind in die Kita", sagte sie.

Das Kind im Anhänger beugte sich vor, winkte und lächelte.

„Was machst du am liebsten?" fragte Golo.

„Ich spiele den Ball übers Netz. Es ist so hoch", antwortete es und streckte einen Arm in die Höhe.

Die Frau schwärmte von der Kindertagesstätte. „Die Kinder sind immer in Bewegung. Das tut ihnen gut."

Vor einem Schaufenster lagerte ein riesiger Haufen Haare. Der Coiffeur stellte eine Leiter an, kletterte hinauf, schnippte mit der Schere. „Auf Wunsch schneide ich dir die Haare gratis."

- „Ich komme vorbei", erwiderte Golo, „sobald die Haare rufen."

- „Haare, die schon lange warten, werden sehr fordernd", gab der Coiffeur zu bedenken.

Rot leuchtende Sterne wiesen Golo zum Ausgang des Dorfs, wo eine neue Straße eingeweiht wurde. Ein Gemeinderat fragte ihn, ob er das Band durchschneiden wolle. Golo schlug den Wanderweg ein, empfahl: „Es ist besser, wenn das jemand vom Dorf übernimmt."

Beim Felsvorsprung auf der Anhöhe über dem Dorf ließen ihn Geräusche aufhorchen. Im Wipfel einer Föhre klapperten die Storchenküken im Nest aufgeregt mit den Schnäbeln, als der Weißstorch landete und Futter brachte. Eine Frau stand bei der Wurzel der Föhre. Sie hatte eine Erdbeere im Glas und eine Erdbeere im Körbchen auf die Felsenplatte gestellt. „Welche hast du lieber?"

Golo zögerte. „Schwer zu sagen, ich kann mich gar nicht recht entscheiden."

- „Dann musst du beide kosten", lachte sie, „es macht auch nichts, wenn du beide gleich gut findest."

Mit zwei Fingern fischte Golo die Erdbeere aus dem Glas, danach die Beere aus dem Körbchen. „Die frische Beere schmeckte fein", berichtete er, „aber auch die Erdbeere im Glas hat es mir angetan."

Das Haus auf Stelzen

Minutenlang stand ein Regenbogen am blitzblauen Himmel. Auf einem kurvenreichen Weg überlegte sich Golo, wie er gedachte Wörter am einfachsten in Schrift oder Sprache umwandeln könnte. Er klaubte das Notizbuch und den Kugelschreiber hervor. Am Fuß des Regenbogens stand eine Frau am Solarbackofen. Während der Teig und die Himbeerfüllung backten und dufteten, fand sie Zeit, Golo zu erklären: „Den Teig verarbeitete ich schnell und knetete ihn nur kurz." Sie wies auf den Ofen. „Lange dauert es nun nicht mehr. Bald ist der Himbeerkuchen gebacken, und du bist mein Gast."

Golo sagte, er werde noch einen kleinen Rundgang machen.

„Das heißt", folgerte sie, „du kehrst immer wieder dahin zurück, wo der Kuchen ofenfrisch serviert wird."

Er lachte. „Das ist eher die Ausnahme, das am Start- und Endpunkt ein Kuchen dampft."

Der Weg bog in den Wald ein. Die Sonne sorgte für tanzende Lichter und Schatten. Auf dem Rand eines riesigen Korbes voller bunter Decken saß ein Mann. „Willst du dich ausruhen? Nirgends kannst du dich besser entspannen als in meinem Korb."

- „Das ist sehr wohl möglich", räumte Golo ein, „aber ich bin unterwegs. Ein Kuchen wartet auf mich."

- „Nun", musste der Mann zugeben, „der Kuchen ist ein

Grund."

Golo schritt durch den Wald aus alten Eichen und duftenden Föhren. Wo die Lichtfinger in den Schatten griffen, leuchteten Beeren. Eine Frau bürstete das Fell eines Schimmels. „Putzen gehört zur Hauptarbeit", berichtete sie, blickte Golo fragend an. „Möchtest du ohne Sattel reiten? Du solltest dich auf seinen Rücken schwingen. Wahrscheinlich bietet sich die Gelegenheit nicht so schnell wieder."

Er pflichtete ihr bei. „Das stimmt. Allerdings müsste ich das Pferd kennenlernen."

- „Du kannst es ja putzen", schlug sie vor, „bis du dich traust."

Golo schob sich an ihr vorbei. „Einmal putzen reicht möglicherweise kaum aus", vermutete er, „ich müsste zuerst eine richtige Beziehung aufbauen. Dann stelle ich mir das Reiten aber wunderbar vor."

Sie wandte sich wieder dem Pferd zu. „Du bist jederzeit willkommen. Überlege es dir noch! Es eilt keineswegs."

Er dankte, lenkte seine Schritte zum Waldrand. Ein Reptilienschutzzaun zog sich der Landstraße entlang. Ein Mann deutete auf einen Frosch, der beim Zaun hüpfte. „Er will hinüber. Auf der anderen Seite ist der Weiher. Trägst du ihn?"

Golo bildete mit beiden Händen eine Schale. „Das ist das erste Mal, dass ich einen Frosch trage. Hoffentlich gelingt es."

Der Frosch sprang in seine Hände, und Golo trug ihn über die Straße. „Wer hätte es gedacht, dass es so einfach geht."

- „Der Frosch vertraut dir", vermutete der Mann, „daran

liegt es."

Im breiten Schilfgürtel plumpste der Frosch ins Wasser. Golo richtete sich auf. Eine Libelle schwirrte vorbei. Auf einer Bank las eine Frau in einem Buch. Als sie die Seite wendete, huschte ein Lächeln über ihre Lippen. „Eine Libelle am Ufer oder ein Käfer auf dem Strauch, egal was es ist, in diesem Buch kommt alles vor. Möchtest du es lesen?"

- „Bist du schon bei der letzten Seite?" fragte er zurück.

Sie hob das Buch hoch. „Noch nicht mal bei der Hälfte. Sobald ich aber damit fertig bin, gebe ich es dir zum Lesen."

„Danke vielmals", sagte Golo.

Er folgte dem schmalen Uferpfad. Im Birkenwald hing ein schwarzer Kapuzenpullover am Kleiderbügel, bildete einen Kontrast zum lichtweißen Ast. Ein Mann deutete auf Golo. „Dir würde der Pullover bestimmt stehen."

- „Ich habe noch nie einen Kapuzenpullover getragen", gab Golo zu bedenken.

„Dann ist es höchste Zeit, dass du damit anfängst", drängte der Mann.

„Willst du ihn nicht selber anlegen?" erkundigte sich Golo, „ich denke, dass du damit gut aussiehst."

Der Mann nahm den Pullover vom Bügel. „Danke für den Tipp."

Er schlüpfte hinein. „Was sagst du?"

Golo trat von einem Bein aufs andere. „Der Pullover ist wie für dich gestrickt."

Hinter dem Birkenwald mündete der Uferpfad in einen Waldweg, den hohe Sträucher und Bäume mit urwüchsigen Stämmen säumten. Ein Reh sprang aus dem Gebüsch, hielt inne, betrachtete Golo aufmerksam, bevor es tiefer in den Wald hineinlief. Bei einem Waldhaus begegnete er einer Frau mit Farbe im Gesicht und einem Pinsel in der Hand. Sie malte eine Schmuckkiste pinkfarben an. „Plötzlich hat mir das rohe Holz nicht mehr gefallen. Bloß lackieren wollte ich die Kiste auch nicht. Da habe ich mir gesagt: Farbe muss her, und zwar pink!"

Golo schaute die Kiste an. „Das hätte ich an deiner Stelle auch getan. Sie muss dich doch erfreuen."

Sie klappte den Deckel auf. „Voll und ganz tut sie das jetzt! Zur Feier des Tages darfst du dir einen Ring aussuchen."

- „Was feierst du?" wollte Golo wissen.

„Das neue Aussehen meiner Schmuckkiste", erklärte sie.

Sein Blick schweifte über die Ringe. Er las einen Goldring aus, steckte ihn der Frau an den Finger. „Das ist der Ring, den ich dir schenken würde, wenn er mir gehörte."

Sie wunderte sich: „Du hast ausgerechnet meinen Lieblingsring ausgewählt. Wie bist du darauf gekommen?"

Golo hob die Schultern. „Ich habe mich gefragt, welcher Ring zu dir passen könnte."

Vom Waldhaus ging der Weg dem Hang entlang. Thymian leuchtete mit seinen kleinen lila Blüten. Vor einem Haus mit ockergelber und weißer Fassade lag ein Mann im hellblauen Pyjama auf dem Diwan, beobachtete einen Mauergecko, der die Wand hochkletterte. „Ich schaue ihm zu und kann optimal entspannen."

Er richtete sich auf. „Es hat genug Platz auf dem Diwan für den Fall, dass du dich ausruhen möchtest."

- „Ich bin ziemlich ausgeruht", entgegnete Golo, spazierte

durch den Hang zu einem Felsenkamm. Eine Frau sammelte dort Lochsteine. „Ich ziehe Schnüre durchs Loch, hänge sie im Garten oder im Haus auf." Sie stellte den Sammelkorb vor ihn hin. „Möchtest du dir einen aussuchen?"

Einige Lochsteine waren faustgroß, andere kleiner als die Spitze des kleinen Fingers. Golo wählte den kleinsten aus und bedankte sich.

„Er bringt dir Glück", merkte sie an.

Beim Weitergehen sah Golo eine Eidechse. Sie huschte aus einer Ritze, sonnte sich auf dem Felsenplateau, guckte ihn neugierig an. Im Zickzack führte ein eingewachsener Pfad an einem verwilderten Garten vorbei. Ein Mann verflocht die Äste zu einem Weidenhaus, bat Golo, einzutreten. „Du fühlst dich darin sofort geborgen. Das liegt am grünen Licht, das durch die Blätter schimmert."

Golo begab sich ins Weidenhaus, ließ den umflochtenen Raum auf sich wirken.

„Wenn du willst, hole ich dir ein Sitzkissen", bot ihm der Mann an.

Golo kehrte ins Freie zurück. „Zuerst möchte ich die Umgebung erkunden. Es nimmt mich nämlich wunder, wohin der kleine Pfad führt."

- „Auf diesem Weg kommst du zum Blumenhaus", erklärte der Mann und flocht weiter.

Der Pfad wurde breiter, durchquerte einen Buchenwald. Eine Spitzmaus tauchte unter einem Farnwedel auf, blieb stehen, eilte zum Loch unter einem Wurzelstrang. Am Waldrand, wo sich die Bäume zu lichten begannen, stand ein sanddornfarbenes Haus im blumenübersäten Garten.

Durchs Schaufenster schaute eine Frau hinaus, sah Golo kommen. Sie trug ein Tutu, lief ihm in Tanzschritten entgegen. „Interessierst du dich für Gänseblümchen?"

Er ließ den Blick über den Garten gleiten. „Eigentlich finde ich jede Blume einzigartig."

- „Es ist so", begann sie, „ich habe nur ein Gänseblümchen im Garten. Ich zeige es dir aber nur, wenn du es sehen möchtest."

Sie nahm ihn bei der Hand und tanzte mit ihm zu den Beerensträuchern beim Wiesenbord, wo das einzige Gänseblümchen blühte. „Leider kann ich es dir nicht schenken, sonst hätte ich keines mehr."

Er kauerte neben dem Blümchen. „Das fände ich sehr schade, wenn du es abnehmen würdest."

Stattdessen pflückte sie eine Johannisbeere, reichte sie ihm zum Kosten. „Das ist nur das Muster. Beeren habe ich eine Riesenmenge."

Er probierte die Johannisbeere. „Sie schmeckt herb süß und fruchtig. Wenn ich einen Wunsch frei hätte, würde ich gerne ..."

- „Ein prall gefülltes Körbchen davon haben", fiel sie ihm ins Wort.

Bevor er dazu kam, den Satz auf seine Weise zu beenden, war sie ins Haus geeilt, mit einem Körbchen voll Beeren zurückgekehrt. „Für dich!"

Golo bedankte sich, aß ein paar Beeren und lobte ihren Geschmack.

„Den Rest kannst du unterwegs genießen, als Wegzehrung sozusagen", schlug sie vor.

Hinter den Beerensträuchern malte der Weg eine schmale

Linie ins Gras. Golo roch den Duft der Wildblumen. Um ein mintgrün bemaltes Haus gackerten Hühner. Der Hahn reckte den Hals. Ein Mann ging auf Golo zu. „Meine Hühner versorgen mich mit frischen Eiern."

Neben dem Gartentisch stand ein Solarkocher. In einer Schüssel lagen Eier bereit. Der Mann griff eines heraus. „Darf ich dir ein 3-Minuten-Ei anbieten?"

Golo freute sich über das Angebot. „Danke! Im Augenblick möchte ich noch kein Ei essen. Mich interessiert der Grasweg. Wo führt er hin?"

- „Du kommst zum Fluss hinunter."

Die Halme bewegten sich im Wind. In ausladenden Schleifen schlängelte sich der Weg. Als Golo den Auenwald erreichte, entdeckte er ein birkenweißes Holzhaus mit Spitzbogenfenster neben der Kiesbank. Die Tür tat sich langsam auf. Eine Frau grüßte Golo. Sie wies auf die Papiere, die sie in allen Farben des Regenbogens auf der Gartensitzbank ausgelegt hatte. „Ich habe sie mit Naturfarben gefärbt. Du darfst dir ein Blatt aussuchen."

Golo betrachtete die Papiere. „Sie haben alle einen eigenen warmen Farbton. Ich kann mich gar nicht für eine Farbe entscheiden."

Sie lachte. „Lass dir ruhig Zeit! Wenn du das nächste Mal vorbeikommst, fällt es dir möglicherweise leichter."

- „Was hast du vor? Zeichnest du auf die Blätter? Oder schreibst du etwas darauf?" fragte er.

Sie hob ein sonnenblumengelbes Blatt auf. „Ich überlasse sie meinen Gästen. Sie tun darauf kund, was sie zum Künstler macht."

- „Sicher fällt ihnen immer etwas ein", vermutete er.

„Wichtig ist mir, dass sie sich ganz unbeschwert fühlen", betonte sie, „sie dürfen das Blatt auch mitnehmen und erst dann beschriften, wenn sie wissen, was sie bekunden möchten."

Golo folgte dem Uferweg. Silberne Reflexe zauberte die Sonne auf den Fluss. Ein Haus stand auf Stelzen im Wasser. Ein Mann schritt über den Steg. „Hast du einen Moment Zeit?"

- „Worum geht es?" erkundigte sich Golo.

Der Mann lehnte ans Geländer. „Ich möchte deine Meinung einholen."

Golo begleitete ihn ins Bootshaus, worin eine lebensgroße Puppe am Tisch saß.

„Dein erster Eindruck zählt", hob der Mann hervor, „sieht die Puppe einem Menschen täuschend ähnlich?"

Golo hielt den Kopf schräg. „Die Frage ist nur, welchem Menschen."

Der Flugwal

In Wellen bewegte der Wind das Gras. Golo hielt Ausschau. Ein Weißstorch breitete seine großen Flügel aus, schwebte über den Hang, landete neben einer Störchin. Eine Weile standen sie nebeneinander, blickten zum Sofa hinüber, das sich mitten im Wiesenweg befand. Nach einem kurzen Schnabelklappern schlugen sie die Flügel, flogen weiter. Eine Frau räkelte sich auf dem Polster. Der Kater, der auf dem Kissen lag, öffnete die Augen. Langsam näherte sich Golo. Die Frau deutete aufs Sofa. „Willst du dich zu uns setzen?"

- „Ich möchte den Kater nicht verscheuchen", entgegnete er.

„Das wird sicher nicht passieren", meinte sie, „da müsstest du dich schon sehr arg aufs Polster plumpsen lassen."

Golo setzte sich behutsam neben sie. Der Kater schnurrte.

„Er mag dich", erklärte die Frau.

„Dann habe ich Glück", sagte Golo, „wohin führt eigentlich der Wiesenweg?"

Sie streckte den Arm aus. „Zum alten Milchhäuschen. Du kannst es gar nicht verfehlen."

Ebenso sorgfältig, wie er sich gesetzt hatte, erhob sich Golo. „Ein altes Milchhäuschen? Das würde ich mir gerne ansehen."

Der Weg durchquerte den Hang. In der Luft lag der Duft von Kräutern. Eine Glyzine wand sich an der steingrauen

Fassade des Häuschens hoch. Lässig an die Tür gelehnt, spielte ein Mann mit dem Deckel einer Milchflasche. „Hast du schon einmal Schafmilch getrunken?"

- „Das ist meine Lieblingsmilch", antwortete Golo.

Der Mann füllte ein Glas, reichte es Golo. „Hast du noch einen Wunsch?"

Achtsam trank Golo die kostbare Milch, reichte das Glas mit den Worten zurück: „Mehr kann ich nicht wünschen."

Der Wiesenweg schweifte vom Hang ab, säumte den Waldrand. Eine Frau trat aus dem Schatten einer weitkronigen Eiche. „Hinter dem Stamm liegt eine Schachtel. Möchtest du sie sehen?"

- „Warum nicht", meinte Golo, ging um den Stamm herum, betrachtete die Schachtel, die zwischen 2 Wurzelsträngen im Moos lag.

„Hebst du den Deckel?" fragte die Frau weiter.

„Das kann ich gerne tun", erwiderte Golo, nahm den Deckel ab. Die Schachtel war mit Stroh gefüllt. Eine Armbanduhr lag darin eingebettet.

Die Frau kauerte neben Golo. „Schade", bedauerte sie, „der Uhr fehlt das Deckglas. Der Fachmann sollte sich darum kümmern."

- „Kennst du einen Uhrmacher?" erkundigte sich Golo.

Sie drückte ihm die Schachtel in die Hand. „Du folgst immerzu dem Waldrand. Dann kannst du ihn gar nicht verfehlen."

Golo dankte für den Tipp, machte sich auf den Weg. Über die Baumspitzen rauschte ein Windstoß. Wildrosen blühten in der Hecke. Nach einer Wegbiegung gelangte Golo vor ein merkwürdiges Holzhäuschen, das dem Gehäuse einer Kuckucksuhr nachempfunden war. Auf der Fassade prangte ein riesiges Zifferblatt. Das Fenster darüber sprang auf. Anstelle eines Kuckucks zeigte sich der Uhrmacher. „Ich bin gleich bei dir", rief er, schwang sich auf den großen Zeiger, der sich langsam neigte und ihn zur römischen Zahl „V" rutschen ließ, wo er absprang.

Er warf einen prüfenden Blick auf die Armbanduhr. „Mein Auge erkennt sofort, welche Größe das Glas haben muss." Neben dem Zifferblatt befand sich die Haustür. Der Uhrmacher riss sie auf, verschwand nur kurz in seinem Kuckuckshaus. Dann kehrte er mit dem Deckglas zurück. Er hatte nicht zu viel versprochen. Das Glas, das er in die Fassung presste, passte auf Anhieb. Er richtete die Uhr, drückte die Krone hinein, hob sie ans Ohr. Mit würdevoller Miene übergab er sie Golo. „Ihr Ticken ist Musik. Davon können andere nur träumen, doch du besitzt diese wertvolle Uhr wirklich."

Golo legte sie in die Schachtel zurück, ging den Waldrand entlang, bis er vor ein Haus kam, das in einem Garten mit blühenden Rosen, Hyazinthen und Wildtulpen stand. Eine Frau stellte die Gießkanne ab. „Was hast du in der Schachtel?"

Er schritt zum Gartentisch. „Eine Armbanduhr."

Ihre Augen strahlten. „Ich gäbe viel darum, wenn ich diese Uhr tragen dürfte."

Golo nahm sie aus der Schachtel. „Probiere sie an! Ich bin gespannt, was du sagst."

Die Frau legte die Armbanduhr an, drehte und wendete das Handgelenk. „Das ist genau die Uhr, die ich mir gewünscht habe."

Golo neigte den Kopf. „Dann gehört sie dir."

- „Mit dieser Uhr ist die Zeit nie um. Sie bricht immer an", freute sie sich.

„Du meinst, sie gibt dir die Anfangszeit an", schloss er.

„Wie alles beginnt", drückte sie sich auf ihre Weise aus.

Golo sah sich um, deutete auf einen runden Berg, dessen Kuppe wie abgeschnitten erschien. „Führt da ein Weg hinauf?"

Sie begleitete ihn bis zum Bergfuß. In mehreren Serpentinen erklomm der Weg die Höhe. „Er steigt auf einen erloschenen Vulkan. In seinem Krater liegt ein See."

Golo machte sich an den Aufstieg. Auf halber Höhe begegnete ihm ein Mann, fragte: „Hättest du gern einen Rucksack? Er ist auf Bergwanderungen hilfreich."

Golo musterte den Sack. „Offen gestanden, ich habe gar kein Gepäck und habe auch nicht vor, etwas mitzunehmen."

- „Das kann sich ändern", gab der Mann zu bedenken und hörte nicht auf, die Vorzüge des Rucksacks zu rühmen, bis Golo einräumte: „Eigentlich hast du recht. Danke vielmals für den Rucksack!"

Er schulterte ihn. Der Mann rief ihm nach: „Nun bist du gut gerüstet."

Oben auf der Bergkuppe hatte eine Frau ein Seil zwischen 2 Stangen gespannt. Daran hingen farbige Badetücher. „Gut, hast du einen Rucksack dabei", lobte sie, „packe die Tücher ein."

- „Wenn ich im See bade, kann ich mich doch auch von der Sonne trocknen lassen", widersprach er, „wozu brauche ich da Badetücher?"

Die Frau nahm 3 Tücher von der Leine. „Du bist nicht

der einzige Mensch auf der Erde", erklärte sie, legte sie zusammen und schenkte sie ihm.

Er entschuldigte sich: „Es tut mir leid, ich habe wirklich nur an mich gedacht."

Sie lachte. „Das ist verzeihlich. Aber wenn du in einen Krater hinuntersteigst, solltest du weit über die Nasenspitze hinausdenken und dich entsprechend ausrüsten."

Behutsam packte Golo die Tücher ein. „Ich staune, wieviel Raum der Rucksack bietet."

Das Innere des Kraters war von Bäumen, Sträuchern und Gras überwachsen. Ein langgezogener Rundweg führte zum See hinunter. An einer Stelle ragte ein Lavafelsen auf. In seinem Schatten bot ein Mann Golo ein ganzes Bündel aus Kleidern an. „Ich wette, es findet Platz in deinem Rucksack."

Golo zögerte. Zuerst wollte er etwas dagegen einwenden, ließ es dann aber sein. „Vielleicht begegne ich Menschen, die Kleider brauchen", sagte er sich und dankte für das Bündel. Der Mann half ihm beim Einpacken. „Du musst nur den Sack aufhalten. Den Rest besorge ich."

Golo schulterte den Rucksack, stieg in den Krater hinab. Der Weg machte einen Bogen um ein Lavastaubfeld, das entfernt an Schneeverwehungen erinnerte. Darin tappte ein kleines Mädchen. Alles an ihm war staubgrau, als wäre es in einen Ascheregen gefallen. Golo fragte: „Findest du selber heraus?"

Das Mädchen schüttelte den Kopf. Vorsichtig trat Golo ins Feld. Der Staub war wie feiner Sand. Leicht sanken die Schuhe ein. Das Mädchen gab ihm die Hand, ging mit ihm zum sicheren Weg zurück, wo sie alsbald eine Frau trafen.

Sie kauerte nieder, nahm das Mädchen in die Arme. „Ich habe dich überall gesucht. Wo bist du gewesen?"

- „Im grauen Schnee", antwortete es etwas verwirrt.

- „Da hilft nur eines", sagte sie, „wir gehen im See baden." Sie wandte sich an Golo. „Kommst du mit?"

- „Ich schließe mich gerne an", antwortete er.

In einer weiten Kehre erreichte der Weg den Strand zwischen 2 steilen Hängen. Das Wasser war türkisfarben und glasklar. Die Frau half dem Mädchen aus den Kleidern. Golo öffnete den Rucksack, entfaltete das Bündel. Es enthielt Kinderkleider.

- „Nehmt, was ihr braucht", bat Golo.

Die Frau musterte sie. „Das ist magisch. Die Größe stimmt." Dass Golo außerdem noch Badetücher anbot, freute sie. „Ich hätte den Rucksack selber nicht besser packen können."

- „Ich habe ihn auch nicht selber gepackt", gestand Golo, „die Badetücher und das Kleiderbündel sind Geschenke." Achtsam führte die Frau das Mädchen ins Wasser, tauchte mehrmals unter, bis das Mädchen Spaß daran fand, selber tauchte, worauf der Lavastaub zerrann. Eine dunkelgraue Wolke löste sich ums Mädchen auf. Langsam stieg Golo ins Wasser. Es war angenehm warm. Er schwamm ein paar Züge hinaus, worauf das Mädchen, unterstützt von seiner Mutter, auch zu schwimmen versuchte. Nach dem Bad trocknete sie es mit dem Badetuch, kramte im Bündel, bis sie ein Kleid fand, das dem Mädchen gefiel. „Es ist wirklich alles vorhanden", lobte sie.

Nachdem das Mädchen und sie angekleidet waren, fragte sie: „Darf ich die Sachen in den Rucksack tun und nach

Hause nehmen?"

- „Das wäre mir recht", erwiderte Golo.

„Du kommst doch mit uns", nahm sie an, „ich würde dich gern zum Essen einladen."

Golo legte sich aufs Badetuch. „Ich möchte noch etwas am Strand verweilen."

Die Frau schulterte den Rucksack, beschrieb ihm die Lage ihres Hauses. „Komme, wann du willst. Du musst nicht eilen."

Das Mädchen wollte auch am Strand bleiben, doch die Frau drängte zum Aufbruch. „Bis wir oben am Kraterrand sind, benötigen wir viel Zeit. Sicher werden wir auf halbem Weg eingeholt." Das Mädchen ließ sich überzeugen, machte sich mit der Frau an den Aufstieg. Immer wieder drehten sie sich um, winkten. Golo winkte zurück, räkelte sich auf dem Badetuch. Als er gerade daran war, sich wohlig auszustrecken, kam ein Mann an den Strand. Er brachte die seltsame Nachricht: „Ein Flugwal ist im Sand neben dem Krater gelandet. Möchtest du ihn sehen?"

Golo brach mit ihm auf. „Einen Wal, der fliegen kann, würde ich mir gerne anschauen."

Sie wählten den Serpentinenweg, der über viele Kehren den Steilhang überwand.

„Bist du schon einmal geflogen?" wollte der Mann wissen.

„Bisher noch nie", sagte Golo.

Vom Rand des Kraters blickten sie auf ein weites Sandfeld herab. Dort wartete ein Flugwal, schlug mit dem Schwanz, als würde er sich zum Abflug bereit machen. „Wir müssen uns beeilen", drängte der Mann.

Sie stiegen den kegelförmigen Berg hinunter, erreichten

das Sandfeld.

Der Wal sperrte das Maul auf. „Lass uns rasch einsteigen", riet der Mann.

Er lief über die Zunge in den Rachen des Flugwals. Golo beobachtete ihn, blieb stehen. Der Wal blickte ihn an, schloss das Maul, hob ab. Langsam gewann er Höhe, zog weit über dem Krater eine Schleife und flog davon. Golo hielt schützend eine Hand an die Stirn, schaute ihm nach. Als kleiner Punkt verschwand der Wal im eisvogelblauen Himmel.

Eine Frau erreichte das Sandfeld. „Hast du den Flugwal gesehen?"

Golo wandte sich um. „Ich habe dem Abflug zugeschaut", berichtete er.

„Du hattest Glück", meinte sie, „einen Wal siehst du nicht alle Tage, aus nächster Nähe sogar äußerst selten. Warum bist du nicht eingestiegen?"

- „Ich konnte mich nicht schnell genug entscheiden", gestand Golo.

Mit den Händen ein Herz

Die Blumenwiese durchquerte ein Pfad. Golo beobachtete eine Biene, die um die Blüten summte. Aus der Hecke
am Waldrand klangen Vogelstimmen. Eine Frau spielte
Jo-Jo. „Das beruhigt mich. Wie entspannst du dich?"
Er schaute den sich drehenden Scheiben zu, die sich auf-
und niederbewegten.
„Es entspannt mich zuzusehen."
Sie hielt das Jo-Jo an. „In dem Fall würde ich es dir gerne
schenken."
Golo bedankte sich. „Kein Jo-Jo gibt es 2-mal. Es ist jedes
auf seine Art einzigartig."
Bevor die Frau sich verabschiedete, den Waldrand ent-
langging, sagte sie: „Du hast ein ansteckendes Lachen.
Ich wusste, dass ich dir etwas schenken würde."
Der Wiesenpfad gefiel Golo. Er folgte ihm, wäre beinahe
über eine Vertiefung gestolpert. Ein Mann erklärte: „Das
ist ein Startloch. Die zugehörige Laufbahn ist längst ein-
gewachsen."
Er setzte einen Fuß ins Startloch. „Willst du einmal prüfen,
ob ich richtig starte?"
- „Es interessiert mich, wie du startest. Allerdings", musste
Golo gestehen, „kenne ich mich im Laufsport nicht sehr
gut aus. Von daher kann ich dir nicht genau sagen, ob du
richtig oder falsch startest."
Der Mann übte einen Start, hielt inne, drehte sich um. „Wie

war ich?"

- „Schnell", sagte Golo, „du bist schnell aus dem Loch gekommen."

Der Mann rieb sich die Hände. „Das hat mir unheimlich gutgetan. Ich erhalte nicht jeden Tag ein Kompliment."

- „Vielleicht", vermutete Golo, „liegt es daran, dass du nicht täglich danach fragst."

- „Das könnte sein", leuchtete dem Mann ein, bevor er einen neuen Blitzstart hinlegte und davonlief.

Lange guckte ihm Golo nach. Auf dem breiten Mergelweg, der aus der Blumenwiese herausführte, kam ihm eine Frau entgegen. Sie stieß einen Kinderwagen und hielt eine merkwürdige Frage bereit. „Würdest du das Du vermeiden, wenn dich jemand konstant siezt?"

Golo dachte nach. „So richtig Spaß macht das Du auch nur, wenn sich beide duzen. Aber ich würde keine Regel daraus machen. Es ist immer gut, wenn die Menschen miteinander reden."

- „Da wir gerade dabei sind", sagte sie, „dein Jo-Jo gefällt mir."

- „Du kannst es gerne haben." Golo schenkte es ihr. „Später, wenn dein Kind etwas größer ist, kann es ja auch damit spielen."

Sie hielt die Schnur hoch, ließ die Scheiben auf- und niedergehen. „Was meinst du? Wie alt muss mein Kind sein, dass es Jo-Jo spielen kann?"

Golo schaute in den Kinderwagen. Das Baby schlief. „Zuschauen kann es wahrscheinlich jetzt schon, sobald es die Augen öffnet."

Sichtlich zufrieden und beschwingt ging die Frau weiter.

Mit einer Hand führte sie den Kinderwagen, mit der anderen spielte sie Jo-Jo.

Über mehrere Serpentinen stieg der Weg zum Berg hinauf. Golo genoss den Ausblick. Ein Mann trug ein Badetuch. Es war aus enzianblauem Frotteestoff. „Sich damit abzutrocknen ist ein besonderes Vergnügen."

- „Das kann ich mir gut vorstellen", entgegnete Golo, „aber ich bin überhaupt nicht nass."

Der Mann sagte: „Das kann sich schnell ändern. Vielleicht nimmst du bald ein Bad."

- „Liegt in der Höhe ein Bergsee?" wollte Golo wissen.

„Lass dich überraschen", empfahl der Mann und schenkte ihm das Tuch. Bevor sich Golo richtig bedanken konnte, war er schon hinter einer Biegung des Wegs verschwunden. Golo setzte den Aufstieg fort.

Aus einem Felsen entsprang eine warme Quelle. Beim dampfenden Wasserlauf, der über die Steine plätscherte, hatte eine Frau eine Badewanne aufgestellt. „Möchtest du lieber zuschauen, wie das Wasser durch die Wanne rinnt, oder ein Bad nehmen?"

Golo fühlte mit der Hand die Temperatur. „Es ist angenehm warm. Da kann ich fast nicht widerstehen."

Die Frau nahm ihm das Badetuch ab, legte es auf eine Felsenplatte. „Weshalb solltest du auch? Der Quelle werden heilende Kräfte zugesagt. Die solltest du dir gönnen." Nachdem sich Golo ausgezogen hatte, legte er sich in die Wanne, streckte sich wohlig aus. Das warme Wasser schmiegte sich an die Haut, erzeugte ein prickelndes Gefühl. Erfrischt stieg Golo aus der Wanne, trocknete sich ab. „Ich fühle mich wie ein tanzendes Küken, das aus der

Eierschale hüpft."

Die Frau spannte ein Wäscheseil zwischen 2 Bäumen aus, hängte das Badetuch auf.

„Alle erleben die Quelle ein bisschen anders, aber das Wohlgefühl ist allen gemeinsam."

Angeregt spazierte Golo über den samtig grünen Bergkamm. Der Serpentinenweg führte an einem felsigen Abhang vorbei, wo ein Mann eine Papierbahn ausrollte. „Was hast du vor?" erkundigte sich Golo.

„Ich lasse ein kleines Kunstwerk entstehen", berichtete der Mann, „gleich werden Tintenfische herbeifliegen."

Er deutete auf die dunklen Punkte am Himmel. Sie glitten über den Felsenhang, erwiesen sich als große Seifenblasen. Darin schwebten Tintenfische, die dunkelblaue Tinte in die Seifenblasen spritzten und mischten. Die Blasen senkten sich, platzten auf der Papierbahn, ließen Seifenblasenbilder entstehen. Langsam stiegen die Tintenfische auf, flogen weiter über den Bergkamm. Begeistert stellte sich der Mann neben die Papierbahn. „Hilfst du mir tragen?"

Er hob das obere Ende der Papierbahn auf, Golo das untere. Sie gingen zur Bergwiese hinunter, brachten die Papierbahn zu einem Stall. Der Mann hing sie zum Trocknen an die sonnenwarme Wand. Dann stellte er 2 Stühle hin. „Wir setzen uns vor das Bild und lassen es auf uns wirken."

Er nahm Platz. Eine Frau erreichte die Höhe. „Der Aufstieg hat mich gerade ein bisschen außer Atem gebracht. Ist der Stuhl frei?"

– „Aber sicher", sagte Golo und überließ ihr den Stuhl.

Der Mann sprang auf. „Ich hole noch einen Stuhl aus dem Stall."

- „Das ist nicht nötig", wehrte Golo ab, „ich stehe gerne."

Die Frau erkundigte sich: „Wie ist das Bild entstanden?"

Der Mann erzählte ihr von den fliegenden Tintenfischen in den Seifenblasen. Sie hörte gespannt zu, fragte: „Schenkst du es mir?"

- „Sobald es trocken ist", versprach er, „kannst du es bequem einrollen und nach Hause tragen."

Sie klatschte in die Hände. „Ein Traum wird wahr. Ich wünschte mir schon lange ein Bild. Kommt ihr mit und helft mir beim Aufhängen?"

Er sagte: „Das machen wir." Sein Blick schweifte schnell zu Golo, um sich zu vergewissern. „Oder was hast du vor?"

- „Ich möchte mir zunächst den Berg und seine Umgebung ansehen", erwiderte er.

Am Ende der Bergwiese schlängelte sich ein kleiner Pfad zu einem smaragdgrünen Bergsee hinunter. Übers Wasser wirbelte ein leichter Wind. Die Wellen glitzerten. Auf einem Stein am Ufer saß ein Mann, badete die Füße. „Das Wasser ist eiskalt. Das solltest du ausprobieren."

Golo zog die Sandalen aus, krempelte die Hosenbeine in die Höhe, watete ein paar Schritte durchs Wasser. „Es kribbelt. Ich fühle mich ganz ermuntert."

Er kehrte ans Ufer zurück, stellte die Füße auf einen sonnenwarmen Stein. „Ich bewundere dich, dass du die Füße solange baden kannst."

- „Das ist Gewohnheitssache", erklärte der Mann, „sobald du ein tägliches Fußbad nimmst, stellt sich dein Körper darauf ein."

Nachdem die Füße getrocknet waren, legte Golo die Sandalen an. Der Weg blieb zunächst in Ufernähe, schlug dann einen Bogen um einen Felsen. Dort traf er eine Frau. Sie hatte eine Kreide in der Hand und ermunterte ihn: „Male einen Schriftzug an die Felswand!"

- „Welches Wort soll ich schreiben?" fragte Golo.

„Das ist nicht so wichtig", fand sie, „Hauptsache, du gibst den Buchstaben dein eigenes Gepräge, du malst sie, wie es dir entspricht."

Er nahm die Kreide. „Ich könnte es versuchen." Schwungvoll malte er seinen Vornamen an den Felsen. „Gefällt dir mein Schriftzug?"

Sie machte einen kleinen Luftsprung. „Er prägt sich so stark ein, dass ich mir kaum vorstellen kann, wie der Fels ohne ihn aussah."

Golo gab ihr die Kreide zurück. „Es ging leichter, als ich dachte."

Vom Felsen war es nicht weit zu einer versteppten Hochebene, wo lange Grashalme im Wind wogten. Ein Mann hatte das Sofa mitten im Weg platziert. „Ich habe es neu mit Cord bezogen. Das ist ein Stoff, der viel aushält. Ich könnte dir noch einige Vorzüge aufzählen. Aber willst du nicht einfach probesitzen?"

- „Probesitzen ist gut", fand Golo, „da würde ich mich nicht lange aufhalten, kurz Platz nehmen, dann aufstehen und weitergehen, wenn es dir recht ist."

- „Das stimmt für mich, sofern du ganz kurz deine Meinung hinterlässt, zum Beispiel die Fragen beantwortest: War es angenehm, auf dem Sofa zu sitzen? Hättest du es lieber mit einem anderen Stoff bezogen? Steht es am richtigen

Ort?"

Golo setzte sich, überschlug die Beine. „Wenn das nicht der richtige Standort ist, verstehe ich die Welt nicht mehr."

Die Auskunft erfreute den Mann sichtlich. „Ich dachte es. Wer auf meinem Sofa Platz nimmt, kann sich kaum mehr erheben."

Da stand Golo rasch auf. „Moment! Das trifft nicht zu. Ich habe mich gerne gesetzt, schätze es jedoch auch, schnell wieder aufzustehen."

- „Danke", sagte der Mann, „immerhin können wir uns soweit einigen, dass auch du Cord für einen wertvollen Stoff hältst."

Golo ging um das Sofa herum. „Auf seine Art ist jeder Stoff wertvoll."

Am Rand der Hochebene bog der Weg ab. Üppig wuchs das Gras im Hang. Zwischen steinweißen Kalkfelsen gluckerte kristallklar der Fluss. Eine Frau saß auf einem flachen Felsen, der schräg zum Wasser abfiel. „Schwimmst du lieber mit der Strömung oder gegen die Strömung?"

Golo trat ans Ufer. Die Strömung war nicht stark. Das Wasser kräuselte sich zart, deutete Strudel an. „Zuerst schwimme ich stromaufwärts. Dann lasse ich mich treiben", entschied er.

Die Frau sprang vom Felsen, schwamm mit starken Zügen. Erst als Golo ihr folgen wollte, merkte er die Wucht der Strömung. Er hatte das Gefühl, nicht vom Fleck zu kommen. Wenn er jedoch mit schnellen, kräftigen Zügen schwamm, kam er voran. Bei einer kleinen Insel setzte sich die Frau an den Strand, wartete auf ihn.

„Gibt es einen Trick, der hilft?", fragte er, als er aus dem

Fluss stieg.

„Du musst dich möglichst flach aufs Wasser legen", empfahl sie ihm, „und zwar so, als könntest du wie ein Biberschwanz über die Strömung hinweggleiten."

Sie zeichnete mit der großen Zehe ein Herz in den Sand.

„Bei welcher Gelegenheit hast du mit den Händen ein Herz geformt?"

Er dachte nach. „Beim Abschied", fiel ihm ein.

- „Formst du auch ein Herz, wenn du dich von mir verabschiedest?" fragte sie weiter.

Golo legte die Finger beider Hände zu einem Herz zusammen, sprang ins Wasser.

Sie stand auf. „Das Herz gefällt mir, aber du wirst doch nicht jetzt schon gehen?"

Der erste Schritt

Der Weg führte an einem Garten vorbei. Die Rose verströmte einen herrlichen Duft. Golo hob die Nase, atmete tief ein. Eine Frau saß am Gartentisch. Vor ihr lag ein Zeichenblock und ein Bleistift. „Wie zeichnest du? Realitätsnah und detailliert, oder machst du lieber eine Faustskizze?"

- „So genau habe ich mich noch gar nie gefragt oder mir beim Zeichnen zugeschaut", gestand er.

Sie bot ihm einen Stuhl an. „Dann würde ich dir allerdings gerne zugucken. Wie fängst du an? Wie fährst du fort? Das möchte ich alles sehen."

Golo nahm den Stift in die Hand. „Darf ich deinen Block verwenden?"

- „Warum denn nicht?" fragte sie lachend zurück, als würde sie sein Zögern nicht verstehen.

Schwungvoll warf er ein Strichmännchen aufs Blatt. „Es gibt vielerlei Arten zu zeichnen", erläuterte er, „ich lasse alles einfach aus der Hand entstehen."

Die Frau trennte das Blatt vom Block ab. „Wenn du einverstanden bist, hänge ich es an die Wand des Gartenhäuschens. Dann kann ich es anschauen, sooft ich in den Garten komme."

Er warf einen Blick auf die Wand. „Es passt."

Ein Mann guckte in den Garten. „Braucht ihr Reißnägel? Ich habe eine ganze Schachtel im Sack."

- „4 Nägel würde ich gerne bekommen", bestellte sie.

Er trat näher, ließ die Reißnägel auf den Tisch kullern. „Das ist ein leicht erfüllbarer Wunsch."

Die Frau hob das Blatt an die Wand, drückte an jeder Ecke einen Reißnagel ein. „Genug getan! Nun sollten wir uns ausruhen. Wie entspannen wir uns am besten?"

- „Bei einer Tasse Tee das Bild angucken", schlug der Mann vor, „plaudern und neue Ideen sammeln."

Die Frau prüfte, wie das Blatt hing, drehte sich um. „Ich pflücke eine Handvoll Minzblätter."

Golo stand auf. „Bis der Tee gekocht ist, würde ich mir gerne die Landschaft ansehen, wenn es euch nichts ausmacht."

Sie lief zu den Kräutern. „Warum könnte sich jemand dagegen aussprechen?"

Der Mann stopfte die Schachtel in die Tasche. „Ich könnte mich in der Küche nützlich machen. Tee kochen ist meine Leidenschaft."

Der Weg stieg zunächst leicht bergan. In einer Brombeerhecke entdeckte Golo ein Nest aus Wurzeln, Halmen und Moos, gepolstert mit Federn und Haaren. Darin lagen gefleckte Eier. Er bückte sich. Eine Frau schaute ihm über die Schulter. „Das sind Eier des Rotkehlchens. Sehen wir uns um! Wenn wir das Nest in Ruhe lassen, bleibt es zutraulich." Sie bewegten sich ein paar Schritte weiter. Das Rotkehlchen flog auf einen Haselzweig, guckte neugierig. „Es flieht nicht", bemerkte sie, ging sogar etwas näher heran. Dann fiel ihr Blick auf das Blatt des Haselstrauchs. „Ich habe eine feine Haselnusscreme gekocht." Sie wandte sich Golo zu. „Willst du sie kosten?"

Ein Mann trat hinzu. „Bitte entschuldigt, dass ich ins Gespräch platze."

Sie beschwichtigte ihn. „Das ist für uns kein Problem."

- „Die Sache ist die", begann er, „zufällig habe ich ‚Haselnusscreme' gehört. Das ist meine Lieblingscreme."

Die Frau freute sich. „Dann lade ich dich auch ein. Wir machen ein kleines Haselnussfest."

Golo bedauerte: „Ich bin bereits zum Tee eingeladen."

- „Dann kommst du ein andermal zu mir", schlug sie vor, „mein Haus steht am Dorfrand, mitten in großen Haselsträuchern. Du kannst es gar nicht verfehlen."

- „Hasel ist mein Lieblingsstrauch", merkte der Mann an und folgte der Frau zum Dorfrand.

Das Rotkehlchen und Golo blickten sich an. „Wir sind dir sehr nahegekommen", meinte er, „du bist wirklich nicht sehr scheu." Es stellte den Schwanz hoch, reckte den Kopf, streckte die Brust vor und sang.

Golo zog sich zurück, um den Gesang nicht zu stören, wäre beinahe mit einer Frau zusammengeprallt, die eilends den Weg hinunterkam. „Kannst du dich für Drachen begeistern?" fragte sie.

- „Ich bin von Natur aus neugierig und würde gerne einen kennenlernen", erwiderte er.

„Dann komm mit mir", lud sie ihn ein.

Durch Büsche führte der Weg bergauf zu einer steil aufragenden Felswand mit Klüften und einer Höhle. Vor dem Eingang lag der eidechsengrüne Drache. Er hatte Zacken auf dem Rücken, Fledermausflügel, scharfe Krallen und spitze Zähne. „Welche ist deine Lieblingsfarbe und warum?" wollte er von Golo erfahren.

- „Blau", antwortete er.

„Es gibt viele Blau", entgegnete der Drache, „ist es Hell-blau, ist es Dunkelblau? Du musst mir helfen, dass ich den Farbton treffe."

- „Ein tiefes Himmelblau", führte Golo aus.

Schnell nahm der Drache diese Farbe an. „Gefalle ich dir so besser?"

Golo hob die Hände. „Du hättest auch grün bleiben dürfen."

Der Drache kringelte den Schwanz. „Wieso?"

- „Um den Stress möglichst gering zu halten", erklärte Golo.

Mit nach hinten geneigtem Kopf erklärte der Drache stolz: „Das geschieht von alleine, ohne Stress. Im Gegenteil, mit dem Ändern der Farbe kommen immer das Kribbeln und die Vorfreude auf den Flug auf. " Er entfaltete die Flügel, spreizte die Krallen und schwang sich in die Luft. Mit wenigen Flügelschlägen flog er weit über die Felswand hinaus in den strahlend blauen Himmel.

Die Frau schaute ihm bewundernd nach. „Wenn er gemütlich vor der Höhle liegt, sehe ich kaum voraus, wie wendig, rasch und impulsiv er sein kann." Sie wandte sich Golo zu. „Und was ich noch weniger zum Voraus ahne ist, wie hungrig und durstig mich sein Abflug macht."

Ein Mann trat aus der Höhle. „Habe ich das richtig gehört? Darf ich euch Wasser und Kekse anbieten?"

- „Was für Kekse denn?" nahm sie wunder.

„Haferflockenkekse, mit Drachenflammen gebacken", antwortete er nicht ohne Stolz, „und reinstes Quellwasser kann ich euch anbieten."

Die Frau eilte in die Höhle, schnupperte. „Ich kann die Kekse schon riechen."

Der Mann gab Golo einen Wink. „Du bist auch eingeladen."

- „Danke", sagte Golo, „ich bin schon verabredet."

Der Weg wich dem Felsen aus, führte in eine Wiese, wo Heuschrecken zirpten. Auf einer kleinen Bühne stand ein Redepult. Eine Frau regte Golo an: „Wie wäre es mit einer kurzen Rede?"

Er hielt inne. „Worüber soll ich reden?"

Das sei ganz ihm überlassen, fand sie, „beginne einfach und sprich aus, was dich im Moment bewegt."

Auf dem Pult lag ein Feldstecher. „Ich könnte hindurchsehen und schildern, was ich gerade erblicke", nahm er sich vor.

Er hob den Feldstecher an die Augen. „Die Optik besticht durch ihre Schärfe. Ich erkenne jeden Baum am Waldrand."

Die Frau klatschte. „Möchtest du noch etwas beifügen?"

- „Ich sah ein Eichhörnchen von Ast zu Ast huschen", ergänzte er, stieg von der Bühne.

„Ein Eichhörnchen", staunte sie und nahm ihm den Feldstecher ab, „das würde ich auch gerne sehen."

Sie spähte zum Waldrand hinüber. „Du hast recht. Ohne Feldstecher wäre es uns wohl kaum aufgefallen. Deine Rede gefiel mir. Sie war kurz und brachte alles auf den Punkt."

Sie setzte sich auf die Rampe der kleinen Bühne, überschlug die Beine. „Möchtest du mit mir warten, bis der nächste Redner auftritt, oder gehst du weiter?"

- „Ich würde gern den Waldrand erkunden", entschied er.

Schwer mit Pollen beladen, brummten die Hummeln über die Blütenwiese. Schafgarben verströmten einen süßlichen Duft. Auf einer Bank am Waldrand saß ein Mann. Er hatte Musiknoten in der Hand. „Es ist eine Melodie mitsamt Begleitstimmen und Akkorden. Möchtest du sie anschauen? Vielleicht kannst du dir die Musik vorstellen."

Golo überflog die Noten. „Vorstellen kann ich sie mir schon. Aber ein Instrument würde sie erst richtig zum Leben erwecken."

- „Nimm sie mit", bat der Mann, „mit etwas Glück findest du im Wald ein Instrument und kannst sie spielen."

- „Das ist gut möglich", gab Golo zu, „im Wald mache ich stets Entdeckungen."

Er wählte den Weg, der in den Wald einbog und sah sich um. Sattgrün schimmerte das Moos. Licht und Schatten wechselten schnell. Unter einem flechtenüberzogenen Baum stand eine Akkordeonspielerin. „Ich kann sehr gut improvisieren", teilte sie mit, „aber manchmal kommt mich die Lust an, nach Noten zu spielen."

- „Das trifft sich gut", fand Golo, „ich habe Noten dabei."

Die Frau schaute sie durch. „Die Melodie gefällt mir."

Sie lehnte die Noten in eine Felsennische und begann zu spielen. Das Akkordeon hallte durch den Wald. Die Melodie und die Begleitstimmen berührten Golo. Er lauschte den Klängen nach, bewegte die Arme und Beine zur Musik.

Die Akkordeonspielerin lachte. „Du wärst ein famoser Tänzer. Allerdings müsstest du etwas mehr aus dir herausgehen."

Sie zog den Balg heraus, schob ihn zusammen, ließ das

Akkordeon atmen. „Weißt du, welches Tier ich liebe?"

- „Ich müsste raten", gestand Golo.

„Von selber würdest du kaum darauf kommen", führte sie aus, „es ist der Panther."

Sie spielte nochmals die Melodie. „Tu mir den Gefallen, streife durch den Wald und halte Ausschau. Wenn du ihn siehst, erzähle ihm von der Akkordeonspielerin, die Panther liebt. Vielleicht findet er mich, und dann spiele ich das Stück für ihn."

Golo spazierte tiefer in den Wald hinein. Über den Kronenast eines riesigen Baumes schritt ein Panther, blieb stehen und duckte sich.

„Ich komme von der Akkordeonspielerin", sprach ihn Golo an, „sie möchte dir ein Stück vorspielen."

Der Panther hielt den Kopf schräg. „Bist du ein Tänzer?"

- „Es kann vorkommen, dass ich mich zur Musik bewege", antwortete er, „wieso fragst du?"

Der Panther sprang vom Baum. „Versuche einmal eine einfache Ausgangsstellung", empfahl er, „stehe gerade und stelle die Beine schulterbreit nebeneinander. Und wenn du ganz fest und sicher stehst, machst du einen einzigen Ausfallschritt nach vorne. Das wäre eine Art Anfang."

Golo versuchte, sich genauso aufzustellen und zu bewegen. Der Panther hörte die Klänge des Akkordeons, hob den Kopf, lief in tänzelnden Schritten davon. Bevor er im Farn verschwand, drehte er sich nach Golo um. „Wo bleibst du?"

Er schickte ein Lächeln zu ihm. „Beim ersten Schritt."

Der Handschuh

Als Golo vom Wanderweg abbog, gelangte er vor einen Garten, worin eine Frau aus Zweigen eine Hütte baute. Sie flocht die geschmeidigen Ruten in die tragenden, stämmigen Äste. „Sie wird bald fertig sein. Dann stelle ich einen Gartentisch und Stühle hinein. Ich weiß schon, wer mein erster Gast ist. Das bist du."

Golo dankte für die Einladung. „In der Zwischenzeit erkunde ich die Gegend."

Auf der bunten Blumenwiese flatterten Schmetterlinge umher. Beim Weitergehen geriet Golo vor eine verkritzelte Mauer. Nur eine Zeile hoch und breit war ein bandartiges, gipsweißes Feld unbeschrieben geblieben. Ein Mann, der des Weges kam, bot ihm einen dicken Maurerbleistift an. „Diese Zeile könnte für dich ausgespart sein."

- „Das ist möglich", anerkannte Golo. Er ergriff den Bleistift und schrieb: „Zwar ist die Wand von unten bis oben verkritzelt, aber längst nicht alles gesagt."

Der Mann nahm ihm den Bleistift ab. „Das ist der Satz, worauf die Mauer gewartet hat."

Golo winkte ab. „Wieso denn? Ebenso gut hätte ich die Frage ‚Wer kennt den Weg zu dieser Wand?' schreiben können."

Der Mann lachte. „Diese Frage würde ich spontan mit ‚Ich' beantworten."

Vergnügt, mit dem Maurerbleistift spielend, ging er weiter.

Golo schlug einen Wiesenpfad ein, hörte den summenden Bienen zu. Er begegnete einer Frau, die ein wabenförmiges Schächtelchen trug. Sie öffnete den Deckel. „Leider ist nur ein bisschen Watte darin. Aber die besondere Form verdient es doch, dass etwas Außergewöhnliches, Seltenes ins Schächtelchen hineinkommt. Ich weiß nur noch nicht, was."

Golo kramte in seiner Hosentasche und klaubte einen winzigen Lochstein hervor. „Er dürfte hineinpassen, und die Watte könnte als Polster dienen."

Die Frau legte den Stein hinein, schloss den Deckel und gab ihm das Schächtelchen. „Für dich! Du hast sofort die Lösung gefunden." Golo bedingte sich aus, dass er das Schächtelchen gegebenenfalls auch weiterverschenken dürfe.

Sie war einverstanden. „Unbedingt! Es gehört jetzt dir, und du kannst damit machen, was dir gerade einfällt. Ich habe nur eine Bitte: Denk an mich, wenn du es aus der Hand gibst."

Golo versprach: „Das werde ich."

Sie lief den Wiesenweg hinauf, während Golo, das Schächtelchen in der Hand, bergab stieg. Grillen zirpten.

Auf einem Platz landete ein buntes Raumschiff. Ein Mann öffnete die Luke, sprang auf den Mergel, guckte auf Golos Hand. „Solche Schächtelchen gibt es auf unserem Planeten nicht. Darf ich es mitnehmen?"

Golo fragte: „Interessiert dich auch, was darin ist?"

Der Mann hob den Deckel ab, zog die Brauen zusammen und spähte. „Selbstverständlich nimmt es mich wunder."

- „Das ist ein Lochstein, in Watte gebettet", erklärte Golo.

„Watte und Lochstein sehe ich zum ersten Mal", freute sich der Mann, „sie werden, zusammen mit dem Schächtelchen gewiss viel Aufsehen erregen. So hat sich für mich die weite Reise gelohnt."

Golo pflichtete ihm bei. „Manchmal sind es gerade die kleinen Dinge, die großes Staunen wecken."

Der Mann dankte herzlich, kletterte in sein Raumschiff, schloss die Luke. Lautlos hob es vom Mergelplatz ab, schwebte über die Blumenwiese und tauchte in den lichtblauen Himmel ein. Ein Mergelweg führte zu einem Haus, dessen Tür sperrangelweit offenstand. Neben dem Eingang grüßte eine Frau. „Ich zeige dir mein Haus gerne. Du darfst nach Lust und Laune durch die Räume spazieren."

Golo trat ein. „Wenn du meinst, sehe ich mich gerne um."

- „Der Raum, den du jetzt gerade besuchst, ist das Entree", erläuterte sie, „hier könntest du beispielsweise eine Garderobe einrichten, mit Hutständer und Schuhgestell."

- „Das könnte ich mir gut vorstellen", gab Golo zu und ließ sich in die Küche führen. Die Frau zeigte ihm den Herd, den Kühlschrank und die Spüle. „Ein Esstisch für kleine Mahlzeiten, 2 Stühle fänden gut in der Ecke Platz."

An die Küche schloss sich ein Essraum an. „Was sagst du", wollte sie wissen, „wie würde sich ein runder Tisch machen?"

- „Rund ist gut", fand Golo, „da gibt es keine Ecken, woran sich ein Gast stoßen könnte." Alle Türen waren geöffnet. Ohne eine Klinke in die Hand zu nehmen, gelangte Golo in den Wohnraum.

„Wo, wenn nicht hier kommt das Sofa hin", bestimmte sie.

Golo musste anerkennen, dass ausreichend Raum zur Verfügung stand. „Sogar für ein außerordentlich riesiges Sofa", fügte er bei.

Der Rundgang führte am Badezimmer vorbei ins Schlafzimmer. „Natürlich dürfte da kein Doppelbett fehlen", sagte sie, „oder würdest du Einzelbetten vorziehen?"

Er tauschte einen Blick mit ihr aus. „Der Gedanke an ein Doppelbett drängt sich verlockend nach vorn."

Nach dem Rundgang durchs Haus zeigte sie ihm den Gartensitzplatz. „Er ist bequem durch die Küche erreichbar."

Ein Mann gesellte sich hinzu. „Mich begeistern offene Häuser. Würdest du mich hindurchführen?"

Die Frau hob eine Hand. „Warte einen Moment! Ich bin gleich so weit." Sie stupste Golo sanft an. „Hast du einen ersten Eindruck gewonnen?"

Er erwiderte ihr Lächeln. „Wenn das Haus erst möbliert ist, könnte es sehr wohnlich sein."

Der Mann eilte zur Tür. „Das tönt vielversprechend."

Zum Abschied bedachte die Frau Golo mit einem etwas langen Händedruck. „Welcher Raum hat dir besonders gut gefallen?"

- „In meinen Augen hat jeder Raum genau die richtige Größe", antwortete er.

„Einfach so dastehen und die Größe auf sich wirken zu lassen, das hat etwas für sich", bemerkte sie und wandte sich dann dem Mann zu, der bereits den Fuß über die Schwelle gesetzt hatte.

Der Mergelweg verlor sich in der Wiese. Sacht wiegte sich das hohe Gras im Wind. Eine Frau bewegte sich so leichtfüßig, dass sie fast zu schweben schien. Sie trug ein Paar Flügel unter dem Arm. „Ich selbst vermeide es zu fliegen. Willst du es ausprobieren?"

- „Wie soll das gehen?" fragte Golo.

„Ganz einfach", erläuterte sie, „ich schnalle dir die Flügel auf den Rücken. Du breitest sie aus und fliegst."

Golo trat von einem Fuß auf den andern. „Das würde ich gerne versuchen."

Sie half ihm, in die Träger zu schlüpfen und die Flügel anzulegen. Für die Hände fand er Griffe. Dann spreizte er die Flügel, hob ab und glitt über den Wiesenhang.

„Bist du schon einmal geflogen?" rief sie ihm nach.

„So etwas habe ich noch nie gemacht", gestand er.

Er flog einen Bogen, steuerte die Bodennähe an, lief ein paar Schritte aus, zog die Flügel ein.

Ein Mann hatte ihm zugeschaut. „Das sah elegant aus. Hast du viel üben müssen?"

Golo schnallte die Flügel ab. „Es war mein erstes Mal. Wenn du Lust hast, erprobst du sie gleich selber."

Der Mann schnallte sich die Flügel an, rannte hangabwärts und breitete sie aus. Ein Windstoß hob ihn hoch empor. Er jauchzte. „Noch schöner wäre es, bis zu den Wolken hinauf zu fliegen." Er schlug die Flügel, flatterte.

Golo schaute ihm nach, bis er ihn in der Ferne aus den Augen verlor. Der Weg folgte der Hangkante, änderte plötzlich die Richtung, schlängelte sich zum Fluss hinunter. Auf dem moosüberzogenen Felsen am Wasser saß eine Frau vor einer Staffelei, malte mit Ölfarben. „Wenn ich bewegtes Wasser sehe, kann ich kaum widerstehen. Ich versuche die Farben einzufangen, das leuchtende Türkis oder das tiefe Blau."

Golo trat näher. „Darf ich einen Blick aufs Bild werfen?"

Sie drehte ihm die Staffelei zu. „Bitte bleib genau dort, wo du bist! Du musst es aus der Distanz betrachten. Gefällt es dir?"

Er hielt inne, ließ die verschlungenen Formen und Farben auf sich wirken. „Ich mag die Art, wie du malst."

Sogleich nahm die Frau das Bild von der Staffelei. „Ist gut! Wo wollen wir es aufhängen?"

Golo blickte sich um. „Wir gehen den Fluss entlang, bis wir ein Haus finden."

Sattgrüne Bäume und Büsche säumten das Ufer. Glitzernde Punkte ließ die Sonne übers Wasser hüpfen. Vor einem hölzernen Bootshaus trafen sie einen Mann. Er betrachtete das Bild und sagte: „Nirgends kommt es besser zur Geltung als in meiner Veranda."

Er lief ins Haus, holte einen Hammer und 2 Nägel, schlug sie ein. Dann ließ er sich das Bild geben, hängte es auf, kniff ein Auge zu, prüfte, ob es im Lot war. „Habe ich es nicht gesagt", rief er triumphierend aus, „keine Galerie könnte es besser ausstellen!" Er stellte 3 Klappstühle im Halbkreis ums Bild auf. „So können wir es uns in aller Ruhe ansehen."

Die Frau dankte und nahm Platz, indes Golo zum Uferweg zurückkehrte. „Ich würde gerne die Umgebung auskundschaften."

Der Mann setzte sich. „Wenn du zurück bist, feiern wir eine kleine Vernissage."

Der Weg folgte dem Fluss. Strudel gurgelten vor sich hin. Im blendenden Licht erschien eine Flussbiegung. Dort stand eine Frau auf einer runden Plattform, rief Golo zu: „Bist du schon einmal in einer Seifenblase geflogen?"

Er hielt inne. „Bisher fand sich noch keine Gelegenheit dazu."

- „Gleich werden wir starten", meldete sie an und winkte ihm.

Er stieg auf die runde Plattform. „Wo ist die Seifenblase?" Sie bückte sich, zog einen Metallring hoch. „Sehe, erlebe und genieße sie!"

Eine Riesenseifenblase umhüllte sie, hob ab. Die Frau und Golo schwebten über dem Fluss. Links und rechts säumte dichter Wald das Ufer. Die Seifenblase glitt auf der Höhe der weitkronigen Wipfel über dem grünblauen Wasser, schillerte in den Regenbogenfarben, spiegelte sich. Sachte landete sie auf einer Sandbank, platzte. Tropfen sprühten. „Gibt das nicht ein Lebensgefühl, das die Schwerkraft vergessen lässt und glücklich macht?" fragte die Frau.

Golo watete ans Ufer. „Ich fühlte mich wie auf einer Wolke." Bei einem von lichtgrünem Wasser umspielten Felsen erwartete sie ein Mann. Er öffnete eine große Kiste, die bis zum Rand mit Handschuhen gefüllt war. „Ihr dürft darin wühlen, bis ihr den richtigen findet."

Die Frau fragte: „Dürfen wir auch alle auf dem Felsen auslegen?"

Er schloss die Augen. „Warum nicht? Lasst auch mal den kleinen Tiger in euch raus!"

Flink, in atemberaubendem Tempo breitete sie die Handschuhe aus. Plötzlich hielt sie einen watteweißen Baumwollhandschuh in die Höhe. „Das ist mit Abstand der beste!"

Der Mann wunderte sich: „Wieso wählst du ihn aus?"

- „Er ist ein Unikat", antwortete sie und schlüpfte mit der Hand hinein.

Die Wiese beim Wald

In einem verwilderten Garten vermischten sich die verschiedenen Düfte der Rosen. Quer durchs Gelände zog sich eine flamingofarbene Mauer. Davor stand eine Frau, grüßte Golo und stellte ihm die eigentümliche Frage: „Kannst du durch die Wand gehen?"

Er antwortete: „Meinst du eine Papierwand?"

Sie deutete auf die Mauer. „Ich meine genau diese Wand", sagte sie und schritt hindurch. Wenige Augenblicke später kehrte sie zurück. „Dieses Mal schreiten wir gemeinsam hindurch."

Sie reichte ihm die Hand, ging voran. Er folgte ihr. Das Hindurchgehen fiel leicht, als wäre die Mauer ein auf Nebel projiziertes Lichtbild. Als Golo auf der anderen Seite herauskam, schien der Garten wie verzaubert. Tausende Blüten verwandelten ihn in einen duftenden Ort. Nebenan, auf der Landstraße landete ein Koffer auf den Rädern und rollte in hohem Tempo davon. Ein Mann rannte am Garten vorbei, rief: „Haltet meinen Koffer auf!"

Die Frau lief hinterher. „Vielleicht können wir helfen."

Golo zögerte. Er atmete den Duft der Blüten ein, trat langsam und vorsichtig aus dem Garten. Die Frau, der Mann und der Koffer bewegten sich nur noch als kleine Punkte ganz weit unten am abschüssigen Hang, den die Landstraße hinunterlief.

Eine Frau im Tulpenkleid stellte sich neben ihn. „Du wirst

sehen", sagte sie voraus, „gleich wird ein Zebra kommen."
Tatsächlich, kurze Zeit später trabte ein Zebra die Straße
hinunter. Zu Golos Verwunderung traf auch ein, was sie
beifügte: „Es kommt gleich wieder hoch." Etwas langsamer
trippelte das Zebra in umgekehrter Richtung am Garten
vorbei.

„Wie konntest du das vorhersehen?" wollte Golo wissen.

Die Frau antwortete: „Ich habe ein Gefühl für Tiere." Sie
folgte dem Zebra.

Golo fragte sich, ob er sich anschließen wollte, verharrte
jedoch vor dem Garten. Mit beschwingtem Schritt näherte
sich ein Mann. „Darf ich dir etwas schenken?"

Bevor Golo etwas erwidern konnte, hatte er ihm schon eine
Vase in die Hände gedrückt. „Du kannst sie ja eintauschen,
wenn sie dir nicht gefällt", sagte er und war schon weg.

Golo ging mit der Vase die Landstraße hinunter, hörte
die Vögel zwitschern und die Insekten brummen. Eine
Frau kam ihm entgegen. Sie trug eine Schale, schlug vor:
„Drängen würde ich dich nie, aber wollen wir tauschen?
Du bekommst diese Schale und gibst mir dafür die Vase."

Golo war einverstanden, nahm die Schale und händigte ihr
die Vase aus. „Was könnte ich mit der Schale anfangen?"
fragte er.

- „Finde es selber heraus", forderte sie ihn auf und beschleunigte die Schritte, „ich habe eine Rose geschenkt
bekommen. Ich habe nichts Eiligeres zu tun, als sie ein-
zustellen. Wenn du willst, darfst du mich begleiten. Du
verstehst, die Blume duldet keinen Aufschub."

Golo blickte ihr nach, ging ein paar Schritte hinterher, bis
sie seinen Blicken entschwand.

Ein Mann tauchte hinter einer Straßenbiegung auf, hatte eine Keramikfigur in der Hand. Sie stellte einen sitzenden Mann dar. „Brauchst du die Schale?" erkundigte er sich.

„Fragt sich, wozu", erwiderte Golo, „das habe ich noch nicht herausgefunden."

- „Weißt du was", sagte der Mann fröhlich, „ich gebe dir diese Keramikfigur und nehme dafür die Schale."

Sie tauschten. Der Mann schritt glücklich mit der Schale davon. „Ich lege Äpfel hinein."

- „Wenn du Äpfel hast, ist das eine gute Idee", rief ihm Golo nach. Er betrachtete die Figur. „Wenn ich nur wüsste, wo ich sie hinsetzen soll." In Gedanken versunken kam er an einem Garten mit einem Brunnen vorbei. Eine Frau fragte ihn, ob er die Figur auf den Rand setzen möchte. „Die Figur gewinnt dabei, der Brunnen auch. Sie wären wie ein Paar, das sich findet."

Tatsächlich passte sie. Es sah aus, als wäre sie schon immer dagesessen, um die Füße zu baden. „Überlässt du mir die Figur?" wollte die Frau wissen.

Golo war erleichtert. „Das lässt keine Pause fürs Überlegen zu", erwiderte er, „einen besseren Platz würde sie nirgends finden."

- „Du bist großzügig", meinte sie, „diese Keramikfigur ist äußerst wertvoll. Was kann ich dir dafür bieten?"

Er wich einen Schritt zurück. „Es liegt an mir zu danken. Du hattest die Idee mit dem Brunnen."

Rasch ging er weiter, winkte zum Abschied. Die Straße verwandelte sich in einen erdigen Pfad mit Steinen und Löchern. Nur die Bienen waren zu hören, die leise von Blume zu Blume summten. Neben einem Geigenkoffer saß ein Mann in der Wiese. „Kannst du mit Bogen und Geige eine Biene imitieren?" Er öffnete den Koffer.

„So etwas in der Art habe ich noch nie versucht", gestand Golo.

„Nur zu!" ermunterte ihn der Mann, „es nimmt mich wunder, wie du es angehst."

Sorgfältig nahm Golo die Geige aus dem Koffer, strich mit dem Bogen so fein über die E-Saite, dass der Ton kaum wahrnehmbar klang. Er ließ ihn anschwellen. „Jetzt kommt die Biene näher." Zu seiner Verwunderung setzte sich eine Biene auf seine Hand.

Der Mann staunte. „Wie geht das? Kannst du mir den Trick verraten?"

Golo setzte die Geige behutsam ab, um die Biene nicht zu erschrecken. „Heute nimmt alles eine wunderbare Wende", sagte Golo, „anders kann ich es mir nicht erklären."

Der Mann verlangte die Geige zurück, probierte selber das kaum hörbare E zu spielen, ließ es lauter werden, doch keine Biene landete auf seiner Hand. „So sind Wunder nun mal", gab er sich zufrieden, „sie lassen sich selten wiederholen." Er versorgte die Geige im Koffer. „Wie auch immer, dein Spiel und die eintreffende Biene kommen auf meine ganz persönliche Liste unvergesslicher Bilder."

Golo wartete, bis die Biene wegflog. Dann setzte er seinen Weg fort.

Himbeerbüsche wuchsen am Wegesrand. Unter einem Apfelbaum hatte es sich eine Frau auf einer Sitzbank bequem gemacht. Neben sich hatte sie eine Reihe Dosen ausgelegt. „Hast du gute Ohren?" fragte sie.

Golo hielt inne. „Das könnte sein."

„Bist du nicht sicher?" forschte sie.

„In der Regel", führte er aus, „kann ich mich auf meine Ohren verlassen."

Sie schüttelte die erste Dose. „Wir testen sie. Was hörst du?"

Er horchte. „Etwas klingt in der Dose. Ist es eine Erbse?"

- „Fast", erwiderte sie, „es ist eine Linse." Sie hob die zweite Dose hoch, rüttelte sie durch.

- „Zucker könnte darin sein", vermutete Golo.

Sie lachte. „Beinahe hättest du es richtig gehört. Was darin raschelt, ist Salz." Dann ließ sie die dritte Dose klingen. „Hörst du es?"

Golo hob die Hand an die Ohrmuschel. „Sind es Weizen-körner?"

- „Du bist nahe daran", berichtigte sie, „Reiskörner enthält die Dose Nummer 3."

Bei der vierten Dose meinte Golo: „Raschelt Papier darin?"

- „Der Spur nach hätte es ja sein können", räumte sie ein, „aber es sind Haferflocken." Sie griff zur letzten Dose. „Sicher findest du es gleich heraus." Der Inhalt brachte fast scheppernde Töne hervor, als sie die Dose schüttelte. Golo tippte auf Kieselsteine.

Wieder ließ sie ihr frohes Lachen vernehmen. „Du liegst ganz knapp daneben. Was in der fünften Dose rasselt, sind Haselnüsse."

- „Dein Hörtest ist sehr wertvoll. Er bringt die Menschen zum Reden und Lachen", anerkannte er.

Bevor er sich anschickte weiterzugehen, schenkte sie ihm eine Haselnuss. „Damit du an mich denkst."

Er dankte, folgte dem erdigen Pfad. Ein Wolkenschatten

jagte über die Wiese. Auf der Wolke saß ein Mann, lenkte sie mit Handbewegungen, landete neben dem Pfad. „Bist du auch schon einmal auf einer Wolke geflogen?" wollte er wissen.

Golo sagte mit freundlichem Lächeln: „Bisher noch nicht. Wohin fliegst du?"

- „Ich habe kein bestimmtes Ziel. Ich habe dich auf dem Weg gesehen und mir gedacht, vielleicht hast du einen Wunsch. Ich kann dich überallhin bringen, schnell und leicht, wie Wolken eben fliegen."

- „Das klingt verlockend", fand Golo, „ich würde gerne bis zum Ende der Wiese fliegen."

- „Was? Nur so weit?" entgegnete der Mann enttäuscht, ließ ihn jedoch auf die Wolke steigen, als er sah, dass Golo zu keinem weiteren Flug zu bewegen war. Die Wolke schwebte über die Gräser, gewann Höhe, langte sehr schnell am Ende der Wiese an. „Ich bin zuversichtlich, dass du beim nächsten Mal die Gelegenheit nutzt und viel weiter mit uns fliegen willst."

Golo sprang von der Wolke. „Das kann ich mir vorstellen."

- „Du wirst dich wie beflügelt fühlen", versprach der Mann beim Abschied. Er lenkte die Wolke hoch ins Blaue hinaus. Golo guckte ihr nach. Sie wurde kleiner und schmal wie eine Feder, verschwand.

Der Weg zweigte in den Wald ab. Die Sonne blitzte zwischen den Baumkronen hindurch. Eine Frau kam hinter einem Stamm hervor. „Was machst du allein im Wald?"

- „Ich sehe mich um, betrachte die Bäume und Sträucher. Auch Vogelstimmen interessieren mich und Schmetterlinge", antwortete er.

Sie blickte ihn bedeutsam an. „Ich kann mich in ein Tier verwandeln. In welches? Hast du eine Idee?"

- „Verwandle dich in ein Eichhörnchen", riet er, „dann kann ich dir eine Haselnuss schenken."

- „Was meinst du? Werde ich anhänglich, wenn du mich fütterst?" forschte sie.

„Es ist leider nur eine Nuss", erklärte er, „ich bin mir fast sicher, dass du sie nimmst, davonhuschst. Und das war es dann."

Während er die Nuss aus der Tasche hervorklaubte, nahm sie die Gestalt eines Eichhörnchens an. Sie packte die Nuss, schob sie in den Mund, kletterte am Stamm einer Buche hoch, sprang von Ast zu Ast in die Krone des Nachbarbaums. Golo lief durchs Unterholz, wollte sehen, wie sich das Eichhörnchen davonmachte. Fast wäre er mit einem Mann zusammengeprallt. „Bist du ein Naturfreund?" fragte er mit hochgezogenen Brauen.

„Ich folge einem Eichhörnchen", erklärte Golo, „aber es ist eine Spur schneller als ich."

- „Darf ich dir ein kleines Geheimnis verraten", fuhr er fort, „am Waldrand wachsen Wilder Schnittlauch und andere Pflanzen, die ich für meine Salatsauce brauche." Er führte Golo aus dem Wald zu einer Wiese, wo der Schnittlauch, Sauerampfer und Kerbel wuchsen. Eine Frau brachte ihm ein Messer. Er begann die Kräuter zu ernten, während ein Mann ein Brett auf eine Felsplatte legte. Dort zerschnitt er die Kräuter in feine Teile.

Die Frau stellte sich neben Golo. „Wir laden dich zum Salatessen ein." Zu viert wanderten sie zu einem Gartentisch, worauf eine große Salatschüssel stand.

„Hier auf der Wiese wachsen einfach alle Kräuter, die wir brauchen", freute sich der Mann und bot einen Stuhl an.

Golo sagte: „Bis der Salat fertig ist, mache ich noch einen kleinen Rundgang durch den Wiesenhang."

Der Glücksbringer

In einer von urwüchsigen Linden gesäumten Allee dufteten die Blüten. Golo atmete tief ein. Hinter einem Stamm trat eine Frau hervor, sagte: „Ich liebe Zettel. Kannst du mir einen beschriften, vielleicht mit einer Art Sinnspruch, der in jeder Lebenslage hilft?"

Golo dachte nach, nahm den Bleistift, den sie ihm reichte, in die Hand, drehte und wendete ihn. „Was könnte in jeder Lebenslage helfen?" fragte er sich und schrieb nach einigem Nachdenken folgende Worte auf den Zettel: „Finde die Gelegenheit, dich einfach mal umzusehen."

Die Frau steckte den Bleistift und den Zettel ein. „Wollen wir uns gemeinsam umsehen? Das macht es zu einer kurzweiligen Sache."

Von der Allee bog ein Weg ins Tal ab. Es wirkte ruhig. Ein kleiner Bach plätscherte dahin. Ein Mann trug Handschuhe, pflückte Brennnesseln. „Darf ich euch zu einem Tee einladen?"

- „Brennnesseltee? Wer macht das schon?" wunderte sich die Frau.

- „Ich", sagte der Mann und führte sie zu seinem Solarkocher, „ganz in der Nähe ist ein Brunnen. Dort holen wir quellfrisches Wasser."

Während er den Kochtopf nahm, sich mit der Frau auf den Weg machte, sagte Golo, er würde zwischenzeitlich ein paar Schritte weit das Tal hinunterwandern. Der

Bach rauschte an einem runden Platz vorbei, worauf ein leinenweißer Sessel und ein Krawattenständer standen.

Eine Frau bat Golo, Platz zu nehmen. „Wer hier sitzt, bekommt von mir eine Krawatte geschenkt."

Golo blieb stehen. „Hast du das Gefühl, dass ich eine Krawatte brauche?"

- „Nicht wirklich", gestand die Frau, „aber setze dich doch trotzdem kurz auf den Sessel. Ich würde dir dann ein Taschentuch schenken. Dagegen hast du bestimmt nichts einzuwenden."

Bevor Golo antworten konnte, rannte ein Mann über den Platz, stürzte sich auf den Sessel, fragte: „Sitze ich gut?"

Die Frau spitzte die Lippen. „Vor dir war jemand auf dem Platz. Du bist noch gar nicht an der Reihe."

Golo sagte: „Wenn er in aller Ruhe eine Krawatte anprobieren möchte, lasse ich ihm den Vortritt."

Sie stemmte die Hände in die Hüfte. „Was kann ich für dich tun?"

Er überschlug die Beine. „Ich würde gerne 10, besser 20, warum nicht gar 100 Krawatten anprobieren."

- „Du bist ein seltener Gast", anerkannte die Frau, „dann beginnen wir mit der ersten." Sie klaubte eine Krawatte vom Ständer.

Er lehnte zurück. „Ein Traum geht in Erfüllung."

Die Frau blickte Golo an, zuckte mit den Achseln. „Das wird etwas länger dauern."

- „Für mich ist das kein Problem", versicherte er und folgte dem Bachlauf.

Eine Libelle tanzte. Anmutig rauschte ein Wasserfall. Die Sonne zeichnete einen Regenbogen in die Luft. In 2

Kaskaden stürzte der Bach über den bemoosten Felsen hinab, auf dessen Ausläufer sich ein Turm erhob. Eine Frau hüpfte die Stufen der Wendeltreppe hinunter. „Willst du die Eier des Turmfalken sehen?"

Golo erkundigte sich: „Stören wir nicht beim Brüten?"

- „Im Moment nicht", versicherte die Frau und führte ihn auf den Turm, wo ganz zuoberst in einer Mauernische 3 ockergelb gefleckte Eier lagen. „Schau sie dir an! Dann ziehen wir uns schnell zurück."

Als sie bereits wieder die Treppe hinunterstiegen, hörten sie den Ruf des Turmfalken. „Er ist zurück", sagte die Frau, „länger hätten wir nicht verweilen dürfen."

Sie verließen den Turm. Ein Zickzackweg schlängelte sich zum Becken des Wasserfalls hinunter. Neben der Felsenwanne befand sich ein breites Bett. Ein Mann trug einen Anzug und eine Krawatte, schlug die Decke zurück. „Ich gehe immer mit Anzug und Krawatte ins Bett."

- „Jeder weiß selbst am besten, wie er wohlig einschlafen kann", meinte die Frau.

Der Mann streckte sich aus. „Kommt ihr zu mir ins Bett? Ich schlafe nicht gerne allein."

Sie legte sich zu ihm, schenkte Golo einen aufmunternden Blick. „Wir haben bequem zu dritt Platz."

- „Sobald ich müde bin, weiß ich jetzt, wo ich mich ausruhen kann", entgegnete er, „zuerst möchte ich das Tal auskundschaften."

Bis auf das Plätschern des Wassers herrschte Stille. Plötzlich tönten Schritte. Eine Frau kam, eine Schachtel unter dem Arm. Sie sprach Golo an: „Das würde mich glücklich machen, wenn sich in meiner Schachtel eine Geschichte fände."

- „Wie wäre es, eine Geschichte hineinzulegen?" schlug Golo vor.

Der Vorschlag gefiel der Frau. Sie klaubte einen Notizblock und einen Bleistift hervor, legte sie auf eine Felsenplatte am Bachufer. „Schreibe eine Geschichte."

Golo schrieb: „Ein Dinosaurier machte Rast unter einem Kirschbaum. Zu ihm stieß ein anderer Saurier mit einer Klangschale. Sie war mit Wasser gefüllt und hatte zwei Griffe. ‚Bringst du mir etwas zu trinken?' fragte der Dinosaurier. Der andere Saurier wies ihn an: ‚Befeuchte deine Vorderfüße mit Wasser. Reibe die Fußflächen auf den Griffen.' Der Dinosaurier begann mit dem Reiben. ‚Wenn du meinst, kann ich das ja machen. Ich halte mich gerne an Tipps.' Wellenmuster bildeten sich an der Oberfläche des Wassers. Die Schale klang. Der Dinosaurier beschleunigte das Reiben. Das Wasser sprudelte. Er zog die Vorderfüße zurück. ‚Es grenzt an ein Wunder.' Der andere Saurier sagte: ‚Das Wunder bist du. Du bist der erste Saurier, der Achtsamkeit geübt hat.'"

Die Frau zupfte das beschriebene Blatt vom Block, legte es in die Schachtel, schloss sie mit dem Deckel. „Mich nimmt wunder, was nun geschieht. Immerhin ist es jetzt keine gewöhnliche Schachtel mehr. Es liegt eine Geschichte darin."

Ein Mann balancierte auf Steinen über den Bach. „Zufällig komme ich den Bach entlang und höre etwas von einer Geschichte in der Schachtel. Handelt es sich um diese?"

Die Frau hob sie hoch. „Das hast du richtig erraten."

- „Eine Schachtel, die eine Geschichte enthält, ist ungeheuer wertvoll. Ich würde viel darum geben, wenn ich sie bekäme", sagte der Mann, „was verlangt ihr dafür?"

- „Begleite uns in den Baumgarten, bis wir zu einem Kirschbaum kommen. Dort darfst du sie öffnen", antwortete sie, streifte Golo mit einem Seitenblick, „du bist doch auch dabei?"

Er hatte jedoch ein anderes Ziel. „Ich möchte sehen, wie der Bach weiterfließt."

Die Frau schlug vor: „Vielleicht kommst du später zu uns in den Baumgarten. Deine Geschichte ist wirklich bemerkenswert." Sie schritt mit dem Mann zu den Bäumen.

Golo folgte dem Wasserlauf. Der Bach rauschte über Felsbrocken. Farn und Sträucher wuchsen, die ihre Äste ins Wasser hängen ließen. Eine Frau begegnete ihm, fragte: „Bist du gekommen, um den Vulkan so nah wie möglich zu erleben?"

- „Gibt es hier in der Nähe einen Vulkan?" wunderte er sich. „Er ist klein", berichtete sie, „schleudert nur wenig Lava aus. Trotzdem: Die Gefahr musst du selber einschätzen."

Die Frau führte Golo in die karge Gegend, wo der Vulkan ausgebrochen war. Glühende Lava schoss oben aus dem Kegel, floss an der Seite herunter. Ein Mann fand, es sei unbedenklich, noch viel näher heranzugehen. Die Frau teilte seine Ansicht, während Golo den Abstand wahren wollte. „Wir bleiben nicht lange", sagte sie, „wenn du hier wartest, können wir gemeinsam etwas essen gehen und uns austauschen."

Golo sagte: „Ich will die karge Landschaft lieber verlassen." Er wandte sich einem sonnigen Südhang voller Blumen und Kräuter zu. Eine Frau bog um den Felsen. „Darf ich dir einen Feigenbaum zeigen?"

Golo folgte ihr, und sie wies ihn auf die kugeligen Triebe hin, die an den Zweigen wuchsen. „Diese Kugeln wachsen zu Feigenfrüchten heran."

Er betrachtete sie genau. „Schon immer habe ich mich gefragt, wie der Feigenbaum blüht. Danke vielmals fürs Zeigen!"

Die Frau lud ihn ein. „Zu Hause habe ich getrocknete Feigen vom letzten Jahr. Sie schmecken wunderbar süß."

Ein Mann gelangte unterhalb des Felsens in den Südhang. „Ich wollte einmal nach den Feigen sehen. Sind sie schon reif?"

Die Frau zeigte ihm die Triebe. „Das wird schon noch eine Weile dauern. Nicht weit von hier steht mein Haus. Wenn ihr zu mir kommen wollt, offeriere ich euch gern Ziegenkäse, Honig und getrocknete Feigen."

Der Mann sagte spontan zu: „Darauf freue ich mich."

Mit einem Finger schubste sie Golo an. „Und du?"

Er sagte, was er vorhatte: „Zuerst möchte ich den Südhang durchstreifen und sehen, welche Tiere hier leben."

- „Mein Haus steht unter einem großen Baum", erklärte die Frau, „du kannst es gar nicht verfehlen."

„Wir könnten auch mit dem Essen auf dich warten", schlug der Mann vor.

Golo schaute ihnen nach, schlug dann einen Weg ein, der in einer langen Schleife den Südhang durchlief. Er streckte die Hand aus. Ein Kolibri flog heran, flatterte über seiner Handfläche in der Luft. Um seine Schwanzfedern schimmerten rosafarbene und karibikblaue Lichtreflexe. Der Schwirrflug über seiner Hand dauerte nur einen kurzen Moment. Dann flog der Kolibri weg und blieb verschwunden.

Die Wiese duftete nach Thymian. Golo schaute den Schmetterlingen zu. Eine Frau durchquerte den Hang, bot ihm ein Armband an. „Das silberne vierblättrige Kleeblatt wird dir Glück bringen."

Golo betrachtete es. „Da müsste ich mich direkt fragen, was das größte Glück im Leben ist."

Ein Mann stieg den Hang hoch. „Worüber sprecht ihr gerade?"

Die Frau zeigte ihm das Armband. „Es ist ein Glücksbringer. Wir sind gerade daran herauszufinden, was das größte Glück sein könnte."

- „Da muss ich nicht lange nachdenken", sagte der Mann, „für mich wäre das größte Glück, dieses Armband zu tragen, vielleicht nur für einen kurzen Moment zum Anprobieren."

Sie legte ihm das Armband an. „Passt es?"

Er drehte das Handgelenk und strahlte. „Es ist wie für mich gemacht."

Die Frau lehnte sich Golo entgegen. „Was sagst du dazu?"

- „Es ist ein fantastisches Armband", bemerkte er, „es hat ihm schon Glück gebracht."

- „Und wie ist es für dich?" wollte sie wissen, „eigentlich war es ja für dich gedacht."

Golo antwortete: „Es macht mich glücklich, wenn ich sehe, wie jemand glücklich ist. Das ist gerade nochmals die Wirkung dieses Armbandes."

- „In dem Fall", entschied die Frau und wandte sich dem Mann zu, „gehört es dir. Du darfst es behalten."

Der Mann sprang vor Freude in die Luft. „Andere träumen nur davon, aber ich trage es wirklich."

Federweiß auf Sandweiß

Bergauf durch ein altes Birkengehölz stieg Golo mit beschwingtem Schritt. „Ich möchte dich ein Stück weit begleiten", sagte eine Frau und schloss sich ihm an.

Am Wegesrand stellte ein Mann einen Solarkocher, einen Gartentisch und 3 Stühle auf. „Darf ich euch zu einem Latte macchiato einladen?"

- „Gerne", sagte die Frau und setzte sich auf einen Stuhl, „zufälligerweise ist Latte macchiato mein Lieblingsgetränk."

Der Mann guckte Golo an. „Und was trinkst du am liebsten?"

- „Bergtee", antwortete er.

„Das tönt nach einer besonderen Mischung", meinte der Mann, „vielleicht findest du auf dem Berg die geeigneten Kräuter, sammelst sie ein, und ich koche dir den gewünschten Tee."

- „Das wäre ein Versuch wert", sagte Golo und wanderte weiter.

Über 2 Felsen hatte eine Frau eine Bambusstange gelegt und daran einen blütenweißen Vorhang gehängt. Sie trat in einer kirschroten Cordjacke hervor. „Wäre das eine Jacke für dich?"

Golo guckte neugierig. „Wenn ich gerne mal was Neues ausprobieren möchte, käme ich bestimmt zu dir."

Sie verschwand hinter dem Vorhang. „Aber du bist doch

bereits schon bei mir." Wenige Sekunden später tauchte sie in einer ringelblumenorangen Jacke auf. „Wie steht es damit?"

- „Würde ich damit eher älter oder jünger wirken?" fragte er.

Sie huschte davon. „Diese Frage musst du dir selber stellen."

Bevor er dazu kam, erschien sie in einer kurkumagelben Cordjacke. „Ganz bestimmt kannst du ihr wohl kaum widerstehen", vermutete sie.

„Da würde ich mich gerne zu einer raschen Antwort hinreißen lassen", gab er zu.

„Zu spät", rief sie, „du wirkst zu wenig entschieden." Der Vorhang raschelte. Sie entzog sich seinen Blicken, um sich kurz darauf in einer froschgrünen Jacke zu zeigen. „Was sagst du dazu?"

Er strich das Haar zurück. „Grün ist oftmals unauffällig, aber ungemein locker."

- „Dieses Grün", hielt sie ihm vor, „habe ich extra für dich ausgesucht, warum, damit du auffällst." Der Vorhang flog hinter ihr zu, für einen kurzen Moment, ehe sie sich in einer azurblauen Cordjacke zur Schau stellte. „Entscheide dich jetzt! Überlege es dir später!"

- „Wir haben doch eine Menge Zeit", wandte er dagegen ein.

„Woher weißt du das?" fragte sie. Ohne die Antwort abzuwarten, wechselte sie hinter dem Vorhang die Jacke und kreuzte in einer indigoblauen auf. „Was hältst du davon?"

Golo holte tief Atem. „Dieses Blau steht dir gut."

Sogleich war sie weg. „Es geht nicht um mich."

In diesem Moment näherte sich ein Mann. „Gibt es hier ein Theater?"

Die Frau schob den Vorhang zurück, trug eine flocken-blumenviolette Cordjacke. „Wer hätte nicht gerne eine solche Jacke!"

Der Mann rief: „Ich nehme sie! Diese und keine andere."

Sie streifte sie ab und überreichte sie ihm. „Ich muss dir ein Kompliment machen. Für eine Cordjacke ist Violett sicher keine schlechte Wahl."

Er zog die Jacke an. „Violett wirkt gleichzeitig anregend als auch beruhigend."

Sie gab ihm einen leichten Klaps. „Du verstehst etwas von Farben."

Mit der Hand wischte er über die Schulter. „In meinem Garten blühen violette Fingerhüte. Die müsst ihr unbedingt sehen."

Die Wiese fiel leicht gegen einen Garten ab. Die Luft roch herrlich nach Blumen. In der Nähe des Hauses am Hang blühte der Fingerhut. Daneben hatte der Mann eine Solaranlage, die das Wasser einer Wanne im Freien heizte. „Wer möchte ein heißes Wannenbad nehmen?"

Die Frau trat zur Wanne. „Das ist sehr verlockend."

Der Mann ließ das Wasser einlaufen. „Wer richtig entspannen will, sollte keinen Moment zögern."

Golo schritt durch den Garten. „Bis alles bereit ist, schaue ich mich in der Umgebung um. Vielleicht entdecke ich auch Kräuter am Waldrand."

- „Das ist sehr wohl möglich", räumte der Mann ein.

Der Weg fiel zunächst ganz sacht ab. Eine Frau wich einem Felsbrocken aus. „Ich suche einen ruhigen, abgelegenen

Strand."

- „Wir könnten immer weiter ins Tal hinuntergehen", schlug Golo vor.

Ein schmaler Wasserlauf plätscherte zum See hinunter. In allen Blautönen leuchtete das Wasser. Ein Mann breitete in einer kleinen Bucht 3 Badetücher aus. „Sicher hat euch der einsame Strand angelockt."

Die Frau zog sich aus, lief ins Wasser. „Los geht es mit Baden."

Der Mann tat es ihr gleich, rannte hinterher. „Gibt es etwas Herrlicheres als Wellen hören und sich geborgen fühlen?"

Sie spritzte Golo an. „Was ist mit dir? Kommst du auch ins Wasser?"

Er legte die Kleider ab, ging zum Felsvorsprung, der die sichelförmige Bucht gegen eine Lagune abschloss, netzte sich an, machte einen Kopfsprung. Er tauchte ein, schwamm zum Ufer, trocknete sich ab.

„Was ist?" fragte der Mann, „bleibst du nicht länger?"

Golo trocknete sich mit einem Badetuch ab. „Ich finde es interessant, Bäume anzuschauen." Er schlüpfte in die Kleider, trat in den Uferwald.

„Wir treffen uns am Ufer wieder", rief ihm die Frau nach.

Der Weg schlängelte um die urwüchsigen Baumstämme. Beim von Buchen eingesäumten Sandstrand beobachtete eine Frau einen Flamingo. Er stand auf einem Bein. Sie fragte Golo: „Kannst du so lange auf einem Bein stehen wie der Flamingo?"

Er stellte sich auf das rechte Bein, winkelte das linke an. „Beine sind für mich ein großes Thema."

- „Weshalb?" wollte sie wissen.

„Weil ich gerne zu Fuß unterwegs bin", erklärte Golo, wechselte vom rechten auf das linke Bein.

Ein Mann gesellte sich zu ihnen, fragte: „Was macht ihr gerade?"

Die Frau deutete auf den Flamingo. „Seit geraumer Zeit steht er auf dem immer gleichen Bein."

- „Das kann ich auch", behauptete er und stellte sich aufs linke Bein. Tatsächlich hielt er es so lange aus, dass Golo beschloss: „Ich sehe mich weiter am Strand um."

Der Mann blickte auf die Armbanduhr, bat: „Vergiss nicht zurückzukehren! Wenn mich nicht alles täuscht, breche ich meinen eigenen Rekord. Das müssen wir dann feiern."

Der langgedehnte Strand zog Golo magisch an. Der Sand war so fein, dass er knirschte, wenn Golo den Fuß daraufsetzte. Ein Ufo flog über den See, schwebte eine Weile über dem Ufer, bevor es weich im Sand aufsetzte. Eine Frau öffnete die Tür, stieg aus. „Ist es in Ordnung, wenn ich hier lande?"

Golo warf ihr einen freundlichen Blick zu. „Dagegen spricht wohl kaum etwas."

- „Auf meinem Planeten gibt es Weiden. Ich brach Ruten ab, flocht einen kleinen Korb", erzählte sie, „warte eine Sekunde!"

Sie lief ins Ufo, kehrte mit einem Korb zurück. „Willst du ihn haben?"

Ein Mann bummelte den Strand entlang. „Was ist das für ein entzückend kleiner Korb!" rief er.

Die Frau bedauerte: „Ich habe leider nur einen. Aber wenn du warten magst, fliege ich schnell nach Hause und flechte für dich einen Korb."

- „Das ist nicht nötig", meinte Golo, „im Moment brauche ich keinen Korb."

- „Ich schon", sagte der Mann, „wenn ich einen Wunsch offen hätte, würde ich genau diesen wünschen."

Die Frau schenkte ihm den Korb. „Hast du noch einen Wunsch?"

- „Ich würde gerne mit dir einen kleinen Rundflug machen", erwiderte er.

Sie lud ihn mit einer Handbewegung ein. „Steige ein! Ich fliege lieber mit Gästen als allein."

Der Mann kletterte ins Ufo. „Davon träumte ich schon lange."

Die Frau drehte sich nach Golo um. „Möchtest du auch deinem Traum näherkommen?"

- „Ich bin eigentlich daran, Kräuter für einen Bergtee zu suchen", antwortete er.

„Ich könnte dich auf jeden Berg, den du dir wünschst, fliegen", versprach sie.

Er betrachtete die Fußabdrücke im Sand. „Ich gehe am liebsten zu Fuß. Da habe ich Zeit, die Welt anzusehen, Menschen zu treffen und meinen Gedanken nachzuhängen."

- „Deine Gedanken interessieren mich sehr", sagte sie beim Einsteigen, „nach dem Rundflug suche ich dich. Und dann musst du mir erzählen, woran du gedacht hast."

Sie schloss die Tür. Lautlos glitt das Ufo über den Strand, zog eine weite, aufsteigende Schleife über den See und verschwand im Blau des Himmels.

Wellen liefen im feinen Sand aus. Golos Blick schweifte über die Uferlinie, traf eine Frau. Schillernde Flecken zauberte das Licht auf ihr Kleid. „Ich würde gerne einen Auflauf backen", berichtete sie, „alle Zutaten habe ich. Es fehlen mir nur Haselnusskerne."

Golo bedauerte: „Ich weiß leider auch nicht, wo wir auf die Schnelle Kerne auftreiben könnten."

Ein Mann näherte sich. „Wenn ich an den Strand gehe, nehme ich stets etwas zum Knabbern mit. Heute sind es Haselnusskerne. Habt ihr sie auch gerne?"

Die Frau atmete auf. „Mein Auflauf ist gerettet." Sie erzählte, wie sie sich vergeblich bemüht hatte, Kerne aufzutreiben.

Er reichte ihr die Tüte mit den Kernen. „Niemand kann sich der Vorliebe für Aufläufe entziehen. Wenn ich darf, würde ich beim Backen dabei sein. Da lerne ich eine Menge."

Sie war hocherfreut. „Alle können mitmachen." Mit einem Finger schubste sie Golo an. „Auch du."

- „Darf ich etwas später dazustoßen", bat er, „ich wollte noch Kräuter sammeln."

Bevor er ganz ausreden konnte, zählte sie ihm auf: „Bei mir im Garten findest du Salbei, Thymian, Rosmarin und Basilikum."

- „Den Garten komme ich auch noch anschauen", versprach er, „allerdings würde ich zuerst sehen, was ich in der Natur finde."

Das verstand sie. „Dann gehen wir voraus. Und du gehst einfach der Nase nach. Wo es fein nach Auflauf riecht, da wohne ich."

- „Übrigens", fragte der Mann, „was für einen Auflauf backen wir?"

Sie spielte mit der Tüte. „Vorgesehen ist ein Grießauflauf mit Haselnusskernen darauf."

Er rieb sich die Hände. „Das ist der beste Auflauf, den es gibt."

Vergnügt schritten sie den Strand entlang.

Golo atmete die Luft ein. Sie duftete nach dem See. Der Wind trieb kleine Wellen über die Wasseroberfläche. Auf einer Felsenplatte am Ufer saß eine Frau. Sie zeigte Golo den Probedruck vom Cover ihres neuen Buchs. Es war schachschwarz. Nur der Titel und ihr Name standen in glanzweißen Buchstaben darauf. „Ist das nicht fast ein bisschen zu streng?" fragte sie.

Golo hielt den Kopf schräg. „Wie wäre es mit federweißen Buchstaben auf sandweißem Grund?"

Schachtel und Schachtelhalm

An einem Felsen voller Spalten und Rinnen kam Golo in ruhigem Schritt vorbei. In eine tief eingeschnittene Ritze hatte eine Frau einen Malkasten mit Pinsel und Wasserglas gestellt. Ein Zeichenblock ruhte auf einer Staffelei.

„Kannst du dich in eine Olive verwandeln?" fragte sie.

Er sah sie groß an. „Das klingt aufregend."

- „Ist es aber nicht", widersprach sie und verwandelte sich. Golo hob die Olive auf und legte sie vorsichtig in eine Felsenritze. Ein Mann blieb auf dem Weg stehen. „Was malst du?"

- „Der Malkasten und der Block gehören dieser Olive", erwiderte Golo.

Der Mann hob die Augenbrauen. „Dann fragst du eben die Olive, was du dir vornehmen könntest."

Golo anerkannte: „Das ist wirklich eine gute Idee." Er wandte sich an die Olive. „Was soll ich malen?"

Die Olive richtete sich auf. „Male eine Frau und einen Mann, die sich an den Händen halten."

- „Ist gut", sagte Golo, öffnete den Malkasten, tauchte den Pinsel ins Wasser, und dann in den Farbennapf.

Der Mann langte sich an den Kopf. „Das ist das erste Mal, dass ich eine Olive sprechen höre."

Mit wenigen Pinselstrichen malte Golo das Paar. „Ist das Bild fertig?"

- „Im Gegenteil", erwiderte sie, „das ist erst der Anfang.

Rahme die Frau und den Mann mit den Regenbogenfarben ein."

Er wählte folgende Farben: Hibiskusrot, Melonenorange, Löwenzahngelb, Libellengrün, Brillantblau, Indigoblau, Anemonenviolett. „So könnte ich das Bild stehen lassen."

- „Wo denkst du hin", widersprach sie, „begleite das Paar mit einer Wolke von Herzen."

Der Mann stützte die Hände in die Hüfte. „Ich liebe Bilder mit Herzen. Woher weiß das die Olive?"

Sie verwandelte sich in die Frau zurück. „Ich durchschaue dich eben." Sie wandte sich an Golo. „Was machst du mit dem Bild?"

Er sah sich um. „Wir suchen einen geeigneten Ort, um es aufzuhängen."

- „Da müsst ihr nicht lange suchen", mischte sich der Mann ein, „bei mir zuhause, in meiner Stube sind alle Wände leer. Ich würde es gerne dem Sofa gegenüber aufhängen."

- „Einen besseren Ort könnten wir kaum finden", meinte die Frau, nahm den Block von der Staffelei und machte sich mit dem Mann auf den Weg.

Er drehte sich nach Golo um. „Kommst du mit?"

- „Ich möchte zuerst noch den Pinsel reinigen", sagte er, strich mit den Fingern über die Haare.

Durch die zerklüftete Felsenlandschaft wand sich ein schmaler Pfad. Eine Frau trat aus dem Schatten heraus, musterte den Pinsel. „Hättest du nicht Lust, ihn zu waschen?"

Golo fragte: „Wo finde ich einen Brunnen?"

Sie führte ihn zu einem Spalt im Felsen, wo eine Quelle entsprang. Durch mehrere Becken rieselte das kristallklare

Wasser. „Du kannst nach Gutdünken eine Felsenwanne aussuchen."

Er horchte. „Wer zum ersten Mal hier ist, staunt, wie lauschig es sein kann."

Ein Mann querte den Berghang. „Ich habe schon lange keinen Pinsel mehr in der Hand gehabt."

Golo drehte den Kopf. „Wenn ich ihn gereinigt habe, gebe ich ihn dir gerne."

- „Es haben nicht viele Menschen das Glück, einen Pinsel zu waschen", sagte der Mann und streckte die Hand aus, „darf ich das machen?"

Golo überließ ihm den Pinsel. „Er dürfte dir gefallen."

Mit der größten Achtsamkeit tauchte der Mann die Haare in ein Becken. „Die Farbe strömt von selber heraus. Es braucht Sorgfalt und eine gute Portion Geduld. Ich darf keinesfalls pressiert sein."

- „In der Zwischenzeit sehe ich mich in der Felsenlandschaft um", teilte Golo mit und folgte dem kleinen Bächlein, das Stufe um Stufe hinunterplätscherte. Die Klänge verschmolzen mit dem Zwitschern der Vögel. Unter einen zerborstenen Felsen huschte eine Eidechse.

Eine Frau kam ihm entgegen, fragte: „Hast du eine Avocado?"

Golo bedauerte: „Leider nicht. Wozu brauchst du sie?"

- „Wenn du eine Avocado hättest, könnten wir sie eintauschen. Alle wollen nämlich eine Avocado. Sie ist das ideale Tauschobjekt", erklärte sie.

„Das wusste ich gar nicht", gestand er.

Ein Mann beschleunigte seinen Gang. Einhändig warf eine Avocado auf, fing sie mit beiden Händen. „Habe ich das richtig gehört? Redet ihr von der Avocado?"

Die Frau bestätigte: „Ganz genau! Wirst du sie eintauschen? Oder was hast du vor?"

- „Ehrlich gesagt, wollte ich sie einfach essen", gestand er. Sie schlug die Hände über dem Kopf zusammen. „Ist es möglich! Du hast eine Avocado und kennst ihren Tauschwert nicht?"

Er reichte ihr die Frucht. „Wie meinst du das?"

Die Frau gab sie Golo weiter. „Bist du bereit?"

Ruhig schaute er sich um. „Was erwartest du?"

Mit schlenkernden Hüften bummelte eine andere Frau zum Bach. Sie hielt ein T-Shirt hoch. „Es ist neu, von feinster Baumwolle." Ihr Blick wanderte von der Avocado zu Golo. „Ich habe einen Tipp für dich, wie du es bekommen könntest: Gib mir die Avocado, und das T-Shirt gehört dir.

- „Offen gestanden", bekannte er, „brauche ich gar kein T-Shirt."

Der Mann drängte sich vor. „Dann nehme ich es."

Sie gab ihm das T-Shirt und erhielt die Avocado. „Ich möchte sie aber nicht alleine genießen. Ich lade euch ein. Es gibt ein feines Essen, wozu die Avocado passt."

Zu dritt wanderten sie aus der Felsenlandschaft, während Golo dem Bächlein nachging. Sein Gluckern vermischte sich mit dem Ruf eines Reihers. Ein Mann durchstreifte den Felsenhang. Sein Blick schweifte über die Bäume. „Welcher ist dein Lieblingsbaum?"

Golo sagte: „Da hätte ich Mühe, mich zu entscheiden. Ich freue mich an jedem Baum."

Der Mann setzte sich auf die Wurzel einer urwüchsigen Linde. „Das ist bei mir ganz anders. Wenn ich eine Linde finde, verweile ich und atme den Duft der Blüte."

Golo schnupperte und setzte den Weg fort. Das Tal öffnete sich. Der Bach rauschte durch einen Bergwiesenhang. Die Frau, die ihm entgegenkam, hatte 2 Sehlöcher in einen Pappkarton gestanzt. Darunter versteckte sie ihren Kopf. „Wer genau hinschaut, entdeckt meine Augen. Mehr zeige ich nicht von meinem Gesicht."

- „Was ist passiert?" fragte Golo, „warum schachtelst du den Kopf ein?"

- „Ich mache es auf spielerische Weise, ohne die geringste Absicht", antwortete sie und erkundigte sich im gleichen Atemzug: „Wohin gehst du? Wir könnten ein Stück des Weges gemeinsam gehen."

Golo spähte in die Sehlöcher. „Ich folge dem Bach."

Sie berührte sein Handgelenk. „Wir verstehen uns auf Anhieb gut."

Ein schmaler Weg säumte das Ufer. Bei einem kleinen Wasserfall trafen sie einen Mann. Er musterte den Karton. „Ich finde es keinen Nachteil, dass ich deinen Kopf nicht sehe."

Die Frau zog die Schachtel ab. „Wollen wir es mal so probieren, dass du den Karton aufsetzt?"

Er nahm die Schachtel, stülpte sie über den Kopf. „Etwas außerirdisch komme ich mir dabei schon vor", ließ er sich vernehmen.

Sie reichte ihm die Hand. „Du musst mir nur vertrauen", empfahl sie, „und ansonsten gar nichts tun."

Sie führte ihn in die Bergwiese hinaus. „Vorab gebe ich dir einen Tipp: Mache kleine Schritte."

- „Wir sind gute Teamplayer", freute er sich.

Golo schaute ihnen nach. „Wohin geht ihr?"

- „Auf einen kleinen Entdeckungsspaziergang", rief die Frau zurück und verschwand mit dem Mann hinter einem Felsenstrang.

Golo hielt sich an den Weg, der neben dem Bach dem Tal zustrebte. Farn umwuchs das Ufer. Sträucher ließen die Äste ins Wasser hangen. In einem Garten rankten Gurkenpflanzen an Bambusstäben empor. Eine Frau hielt ein Notizbuch bereit. „Die Gurke ist wesentlich mehr als nur eine Pflanze. Sie ist ein Lebewesen, das sich mit mir unterhält. Immer, wenn sich die Ranken mit den Stäben zu Buchstaben verbinden, schreibe ich sie auf. So entstehen wunderbare neue Wörter."

- „Da tut es gut, sich Zeit zu nehmen", meinte Golo und guckte zu, wie sich ihm eine Ranke entgegenstreckte.

Ein Mann stellte einen Klappstuhl neben die Gurkenpflanze, ließ sich von der kleinen Zehe bis zu den Haarspitzen einwachsen. „Wir müssen uns alle etwas entschleunigen", erklärte er.

„Wenn du willst", bot die Frau Golo an, „hole ich dir auch einen Klappstuhl. Mein Garten schenkt allen eine Situation zum Durchatmen."

Golo dankte. „Ich entspanne mich am besten beim Spazieren", erklärte er und wandte sich wieder dem Bachlauf zu.

Im Grasland, wo der Bach mit einem Nebenstrang zusammenfloss, stand Golo still und konnte 2 Rehe beobachten, die seelenruhig an ihm vorbei zum Wasser gingen und tranken. „Das kommt nicht alle Tage vor", sagte er sich. Nach einer Weile trippelten sie waldein, und Golo konnte das Grasland weiter erkunden.

In der Nähe des Baches sammelte eine Frau Brennnesseln, Schachtelhalm und Schafgarben. „Das gibt einen vorzüglichen Kräutertee, den du unbedingt probieren solltest."

Ein Mann bewegte sich ruhigen Schrittes. Er brachte einen tragbaren Solarkocher und einen Kochtopf mit. „Gibt es irgendwo eine Gelegenheit, wie ich mich nützlich machen kann?"

Die Frau legte ein paar Kräuter in den Kochtopf. „Er ist genau das, was wir im Moment brauchen."

Der Mann stellte den Solarkocher auf. „Jetzt heißt es ausspannen und sich auf den Tee freuen."

Golo sagte, er werde sich um die Tassen kümmern.

„Es können auch Teeschalen sein", rief ihm die Frau nach.

„Oder Teebecher", ergänzte der Mann und richtete den Topf im Kocher ein.

Vergnügt schaute sich Golo um. „Es wird doch irgendwo Tassen geben."

Die Wiese leuchtete goldgelb von blühendem Löwenzahn. Der Weg endete vor einem backpulverweiß gestrichenen Holzhaus. Unter dem Dach hingen Tassen, die Henkel waren in runde Eichenholznägel eingeführt. Eine Frau saß auf der Schwelle der Haustür. „Möchtest du etwas für dich selbst tun?"

- „Für mich und andere", erwiderte er.

„Denkst du an etwas Bestimmtes?" forschte sie weiter.

Er deutete auf die Tassen. „Ich könnte sie brauchen."

Die Frau ging ums Haus herum, wo sich eine Leiter befand. „Hilfst du mir beim Aufstellen?"

Gemeinsam richteten sie die Leiter auf. „Wie viele Tassen

brauchen wir?"

- „4", antwortete Golo.

Sie stieg auf die Leiter und holte 4 Tassen herab, fragte: „Gibt es sonst noch Sachen, die in deinem Leben wichtig sind?"

Leder, Moos und Feuerstein

Durchs Wipfeldickicht schlängelte sich ein Fluss. Golo spazierte auf dem Uferweg. Luftblasen quirlten an die Oberfläche. Eine Frau tauchte hinter den Blättern auf, fragte: „Möchtest du nicht mein Bruder sein?"
- „Alle empfinden etwas, wenn sie das Wort ‚Bruder' hören", erwiderte er.
Ein Mann gesellte sich zu ihnen. „Egal, ob ich je etwas anderes war, könnte ich dein Bruder sein."
- „Dann würdest du auch mit mir den Fluss hinunterschwimmen?" wollte sie wissen.
Er zog sich aus, sprang ins Wasser. „Das versteht sich von selbst."
Sie folgte ihm, schwamm ein paar Züge, drehte sich nach Golo um. „Du darfst immer mitschwimmen. Es kommt nicht darauf an, was du sein möchtest."
- „Vielleicht behagt es mir weiter unten. Das kristallklare Wasser lädt wirklich zum Baden ein", gab Golo zu.
Bei einer hauchdünnen Brücke, die zwischen Himmel und Fluss schwebte, stand eine Frau. Sie sagte: „Die Brücke ist aus Papier. Wagst du es, darüber zu gehen oder wenigstens einen Fuß darauf zu setzen?"
Golo zog die Sandalen aus, stellte vorsichtig einen Fuß aufs Papier. Seltsamerweise gab es nicht nach, auch dann nicht, als er sich mit beiden Füßen darauf wagte. Schritt für Schritt stieg er über den schmalen Papierbogen, der

den Fluss überspannte. Am andern Ufer erwartete ihn ein Mann mit einer Wassermelone. „Trägst du sie über die Brücke?"

- „Lieber nicht", entgegnete Golo, „ich bin glücklich, dass die Brücke meinem Gewicht standhielt."

- „So schwer ist die Melone nun auch wieder nicht", beschwichtigte ihn der Mann, „im Vergleich zu deinem Körpergewicht macht es kaum etwas aus."

Doch Golo ließ sich nicht umstimmen. „Ich möchte die Brücke nicht zerreißen."

- „Das wird sicher nicht geschehen", meinte der Mann fröhlich und hüpfte mit der Melone auf den Papierbogen. Es gab ein ratschendes Geräusch, und ehe er sich versah, hatte er die Brücke eingerissen und stürzte ins Wasser. Er schwamm zur Frau hinüber, schob die Melone vor sich her. Sie hob sie aus dem Wasser, rief Golo zu: „Komm zu uns! Dann können wir gemeinsam die Melone essen."

Er rief zurück: „Ich suche eine Brücke", ging die Uferböschung entlang.

Der Fluss beschrieb lange Schleifen. Bei einer großen Felsenplatte, die wie eine Terrasse am Ufer lag, traf er eine Frau. Sie reichte ihm eine capriblaue Kreide, forderte ihn auf: „Male ein lustiges Bild auf den Felsen."

Golo zeichnete ein Strichmännchen, das damit beschäftigt war, ein Männchen zu malen. „Es malt mich", merkte er an. Die Frau fragte: „Wie erkenne ich, dass du das zweite Strichmännchen bist?"

- „An den langen Haaren, am Bart und am Hut", erklärte er.

„Du warst ganz entspannt beim Malen", stellte sie fest.

Er gab ihr die Kreide zurück. „Oft stresst es die Menschen,

wenn sie alles perfekt machen wollen."

Ein Mann betrat die Felsenplatte mit einem Körbchen voll Erdbeeren und einer Gabel. „Ich wüsste zu gern, wie ich Erdbeerschaum machen könnte. Irgendwie muss ich die Erdbeeren mit der Gabel zerquetschen. Aber wie gehe ich weiter vor?"

Die Frau wandte sich um. „Du brauchst frisches Eiweiß. Bei mir zuhause habe ich ein Ei." Sie schlug vor: „Gehen wir doch alle zusammen hin und machen Erdbeerschaum."

Der Mann war sofort einverstanden. „Das klingt einladend, als könntest du im Handumdrehen Erdbeerschaum zaubern."

- „Wenn wir alle zusammen Hand anlegen", pflichtete sie ihm bei, „können wir allerdings den Schaum schon bald genießen." Sie fasste Golo ins Auge. „Du bist doch auch dabei?"

Er ließ sich die genaue Lage ihres Hauses beschreiben. „Ich möchte die Gegend ein wenig näher erkunden. Dann stoße ich zu euch."

- „Das verstehe ich", anerkannte der Mann, „du möchtest dich doch in der Landschaft zurechtfinden."

- „Gehe nicht zu weit", bat die Frau, „mein Rezept ist einfach, und schon bald steht der Erdbeerschaum auf dem Tisch."

Golo blickte ihnen nach, wie sie zum Haus schritten, und folgte weiter dem Flusslauf. In der Stille hörte er das Geplätscher, den Singsang des Wassers. Eine Frau betrat das Ufer. Sie trug eine Tasche. „Darin ist ein Netz. Vielleicht kannst du es brauchen."

- „Ein Fischernetz?" fragte er.

Sie lachte, überreichte ihm die Tasche. „Nimm es einfach! Plötzlich würde es dir fehlen, wenn du es nicht hast."

- „Nun ja, wenn du mich überredest, nehme ich das Netz." Mit eiligen Schritten entfernte sich die Frau, ließ Golo mit der Tasche stehen. Er ging weiter, begegnete einem Mann mit einem Volleyball unter dem Arm. „Ich bin fast sicher, dass er in deiner Tasche Platz hat", sagte er, legte ihn aufs Netz. „Es könnte der Moment kommen, wo du ihn erfinden müsstest, wenn es ihn nicht gäbe", fügte er bei und huschte ins Gebüsch.

Golo horchte, wie seine Schritte im Unterholz verklangen. Er guckte in die Tasche mit dem Ball und dem Netz, nahm sie auf, wanderte den Fluss entlang, bis er zu einer Sandbank kam. Sie ragte nur wenige Zentimeter aus dem Wasser. Eine Frau hatte 2 Stangen in den Sand gesteckt. „Hier könnten wir wunderbar Beachvolleyball spielen, wenn wir doch nur ein Netz und einen Ball hätten!"

Golo zog die Sandalen aus, watete durchs flache Wasser. „Zum Glück lässt sich einiges aus der Tasche zaubern." Er legte den Ball und das Netz in den Sand. „Eignen sie sich?" Sie klatschte in die Hände und machte einen Luftsprung. „Wir probieren es." Sie rollte das Netz aus, spannte es über die Stangen. „Es kann losgehen." Sie schlug den Ball übers Netz. Golo spielte ihn zurück. Immer weiter schlugen sie den Ball übers Netz hin und her.

„Niemand kann den Ball so elegant spielen wie du", lobte sie.

Ein Mann näherte sich der Sandbank, stellte sich breitbeinig auf. „Ich könnte das auch."

Golo spielte ihm den Ball zu. „Du darfst es gleich zeigen."

Der Mann schlug den Ball übers Netz. „Spielen wir zu dritt?"

Golo winkte ab. „Wir wechseln uns aus. Jetzt bist du an der Reihe." Er verließ die Sandbank. „Ich sehe mich um. Vielleicht treffe ich jemanden, der mitspielen möchte."

- „Gehe nicht zu weit!" rief ihm die Frau nach, „ich möchte bald wieder mit dir spielen."

Die Äste umschlangen sich und wucherten weit übers Ufer. Golo gelangte vor eine Waldbühne. Sie war von Efeu und Waldreben überwachsen. Auf den Brettern stand ein Klavier. Eine Frau erwartete ihn auf den verwitterten Stufen des Bühnenaufgangs. „Würdest du für mich das Präludium in C-Dur von Johann Sebastian Bach spielen?"

Golo stieg auf die Bühne, lauschte den Vogelstimmen und dem Rauschen des Flusses. „So musikalisch kann der Wald sein." Er setzte sich auf den Klavierstuhl, öffnete den Tastaturdeckel. „Gleich werde ich erfahren, wie es sich anfühlt, dieses Klavier zu spielen."

Sie folgte ihm, bat: „Spiele barfuß!"

Er streifte die Sandalen ab, hob die Hände, ließ die Finger über die Tasten tanzen. Der Klang durchdrang die murmelnden Naturgeräusche, floss ums Gezwitscher der Vögel. Die Frau tanzte mit ausgebreiteten Armen.

Kaum waren die letzten Töne verhallt, meldete sich ein Mann zu Wort: „Wann immer ich kann, bin ich hier oben auf der Bühne."

- „Und was machst du da?" erkundigte sich die Frau.

„Klavier spielen natürlich", sagte er und stürmte die Treppe hoch.

Golo überließ ihm den Klavierstuhl. „Auf diesem Stuhl

kannst du sehr locker sitzen."

Der Mann nahm Platz. „Ich weiß. Er löst den Stress und vertreibt die Unruhe."

Sogleich griff er in die Tasten. „Errät ihr, wie das Stück heißt?"

Golo zog die Sandalen an. Die Frau fragte ihn: „Gehst du?" Er stieg von der Bühne. „Beim Gehen fällt mir am ehesten ein, wie es heißen könnte."

Noch lange hörte er auf dem Uferweg das Klavier klingen. „Das Stück heißt: Für Elise", fiel ihm ein.

Übers Wasser glitt ein Kahn mit einem Redepult. Eine Frau steuerte mit dem Ruder zum Steg, vertäute ihn. „Hilfst du mir, das Pult auszuladen?"

Bevor Golo Hand anlegen konnte, war schon ein Mann zur Stelle, der es hochstemmte und auf den Uferweg stellte. „Entschuldigt bitte, dass ich so eilfertig erscheine. Ich suche den ganzen Tag Gelegenheiten, meine Kraft einzusetzen oder loszuwerden."

- „So eine Gelegenheit kommt nicht zum zweiten Mal", anerkannte die Frau und richtete den Blick auf Golo, „möchtest du eine Rede halten?"

- „Das gibt mir gleich den zweiten Grund, um Entschuldigung zu bitten", platzte der Mann ins Gespräch, „ich habe nämlich eine Rede vorbereitet und bin nie dazu gekommen, sie zu halten."

Er postierte sich am Redepult. „Ist es recht, wenn ich gleich beginne?"

- „Für mich kommt es ein wenig überraschend", gestand die Frau und wies auf Golo, „eigentlich wollte ich dich hören."

- „Mich macht das Pult im ersten Moment sprachlos", sagte Golo, „da ist es nur recht, die vorbereitete Rede vorzuziehen."

- „Also", begann der Mann, „bei mir ist immer fast alles zu haben, und das Redepult hat eine magische Anziehungskraft. Was macht das Besondere dieses Möbels aus? Da niemand etwas sagt, gebe ich die Antwort gleich selber: Es steht gut in jeder Hinsicht, und wer sich dahinter stellt, profitiert von seiner Standhaftigkeit."

Die Frau klatschte. „Deine Rede überzeugt. Du solltest sie vor einem größeren Publikum halten."

Er trug das Pult in den Kahn zurück. „Wir fahren flussabwärts, bis wir eine Menge Menschen treffen."

Sie stieg ein. „Kann es ein schöneres Ziel geben, als eine Rede zu führen?" Ihr Blick schweifte zu Golo. „Kommst du nicht mit?"

- „Ich sehe mich am Ufer um", entgegnete er, „möglicherweise treffe ich hier Menschen, die eine Rede erwarten."

- „Ist gut", sagte der Mann, „dann schickst du sie einfach zu uns."

- „So machen wir es", beschloss die Frau, löste das Tau, stieß ab.

Der Mann ergriff das Ruder. „Auf den ersten Blick wirkt das Redepult unscheinbar, aber seine Bedeutung lässt sich kaum in Worte fassen."

Golo schaute dem Kahn nach, bis er hinter einer Biegung des Flusses verschwand. An die blaugrüne Oberfläche gluckerten Bläschen. Der schmale Weg schlängelte sich eine Erhebung hinauf.

Auf der Höhe begegnete er einer Frau. Sie hatte einen Korb

am Arm. „Er enthält 3 Dinge." Sie ließ ihn hineingucken. „Ein Stück Leder, Moos und einen Feuerstein. Wenn du nur etwas nehmen darfst, was wählst du aus?"

Golo entschied sich fürs Moos.

Die Frau hob den Kopf. „Warum gerade Moos? Hat das einen bestimmten Grund?"

- „Moos ist am leichtesten."

Schaf und Wolf

Als Golo an einem Garten vorbeiging, roch er den eigentümlich würzigen Duft von Rosmarin und Lavendel. Beeren leuchteten am Himbeerstrauch. Eine Frau hielt beim Pflücken inne. „Lauf nicht vorbei! Ich kann dein T-Shirt mit der Nummer 1 bedrucken."

- „Wozu soll das gut sein?" fragte er.

Sie erklärte: „Nummer 1 bedeutet, dass du ganz vorne bist, der Erste sozusagen, der zuerst genannt oder berücksichtigt wird."

- „Ist das nicht alles ein bisschen anstrengend?" erkundigte er sich.

„Im Gegenteil", fand sie, „das ist ein Vorteil. Du bist beliebt und angesehen."

Ein Mann gesellte sich dazu. „Ich suche überall einen Ort, wo ich mein T-Shirt mit der Nummer 1 bedrucken lassen könnte."

Die Frau stellte den Beerenkorb ab. „Die Nummer 1 ist bereits vergeben, aber ich könnte dir mit der Nummer 2 dienen."

- „Warum denn", wandte Golo ein, „ich brauche im Moment keine Nummer, weil ich lieber die Welt ansehen möchte, statt angesehen zu sein."

Sie winkte dem Mann. „Dann komm mit mir! Der Druckstock und die Naturfarbe sind bereit. Alles, was wir brauchen, ist nur dein T-Shirt."

Er folgte ihr ins Haus, an dessen von der Sonne aufgeheizten Südwand Pflanzen rankten. Die Frau öffnete ein Fenster, lehnte sich hinaus, rief Golo nach: „Welche Nummer darf ich für dich reservieren?"

Er drehte sich um. „Ich muss länger überlegen." Beim Weitergehen fragte er sich:

„Will ich eine Nummer und wenn ja, welche und warum? Eigentlich sind es 3 Fragen."

Beim Nachdenken geriet er unversehens ans Ufer eines Sees. Am Himmel trieb eine Wolke. Ein mächtiger Baum reckte seine uralten Äste. Geschmeidig und gelenkig bewegte sich eine Frau um den Stamm herum. „Meine Augen sind haselnussbraun", sagte sie, „welche Farbe haben deine?" Sie stellte sich nah vor Golo hin, beugte sich vor. „Du hast blaue Augen."

Ein Mann beschleunigte seine Schritte. „Das ist bei mir ganz anders. Ich habe auch haselnussbraune Augen."

Sie presste die Lippen zusammen. „Du kannst es ja nicht wissen, darum teile ich es dir jetzt mit: Ich suche jemanden, der andere Augen als ich hat."

- „Dann haben wir etwas gemeinsam", freute ihn, „ich suche auch etwas, nämlich Muscheln."

Sie ging zum Kiesufer. „Da habe ich schon viele Muscheln gefunden." Sie bückte sich, las eine auf. „Warum fährst du so auf Muscheln ab?"

Er fand 3 Muscheln, legte sie in den Sand. „Damit stelle ich die Augen und den Mund dar." Mit kleinen Zweigen und Ästen ergänzte er das Gesicht, das er gestaltete.

Die Frau nahm auf einer Bank Platz. „Was macht den Reiz dieses Bildes aus?"

Er setzte sich zu ihr. „Wir können es beliebig lang betrachten und entdecken immer etwas Neues, weil es aus natürlichen Materialien gestaltet ist."

Sie hob den Kopf, guckte Golo an. „Setz dich zu uns! Ich bin gespannt, was du zum Bild sagst."

Er entdeckte einen Uferweg. „Ich möchte sehen, wo er hinführt, setze mich später zu euch. Vielleicht finde ich unterwegs auch noch Muscheln."

- „Aber sicher", pflichtete der Mann bei, „das ist ein richtiger Fundort."

Golo folgte dem Uferweg. Bis ins Wasser hinab ragten die Äste eines alten Baums. Eine Frau hatte einen Tisch in den Weg gestellt. „Möchtest du lernen, wie du eine Brezel schlingen kannst?"

- „Darf ich dir zuschauen?" fragte Golo zurück.

Sie lachte. „Wieso denn? Lege selber Hand an!" Sie streute Mehl auf die Tischplatte. „Es ist ganz einfach." Aus einer Schüssel nahm sie einen Teigklumpen. „Rolle ihn zu einem Strang."

Zuerst mit einer Hand, dann mit beiden wallte Golo einen Strang aus dem Klumpen. „Es läuft mir wie von Zauberhand", bemerkte er.

Die Frau bat ihn, den Strang wie ein „U" mit einem runden Bauch auszulegen.

Golo führte es aus, fragte: „Kann da überhaupt etwas schief gehen?"

- „Nicht, wenn ich dir zuschaue", versicherte sie heiter, „und nun nimmst du die Enden auf und zwirbelst sie umeinander."

Er wand sie umeinander, fand: „Sie warten direkt darauf."

Der letzte Schritt klang einfach. „Nun drückst du die Enden seitlich am Bauch an." Als Golo ihn umgesetzt hatte, lag die Brezel vor ihm. „Zusammen bringen wir viel zustande." Die Frau betrachtete sie. „Gemeinsam gelingt es."

Ein Mann kam dazu. „Ich habe einen Solarbackofen im Rucksack."

- „Packe ihn aus", forderte ihn die Frau auf, „dann können wir die Brezel backen."

Er öffnete den Rucksack. „Mein Backofen scheint gewöhnlich zu sein, eignet sich jedoch speziell für Brezel."

Sie wandte sich an Golo. „Jetzt kannst du zuschauen, wie sich deine Brezel bräunen lässt."

- „Bis es so weit ist, gucke ich mich am Ufer nach Muscheln um", erwiderte Golo.

Die Wasserfläche schillerte. Ein dreiköpfiger Hund streunte am Strand. Der erste Kopf schnupperte, der zweite bellte freudig erregt, der dritte stellte die Ohren.

Golo bückte sich, las 3 Stecken auf, warf sie in den See hinaus. Der Hund sprang ins Wasser, machte Jagd auf die Stecken.

Ein Raumschiff landete weich im Sand. Eine Frau stieß die Ausstiegsluke auf, beobachtete den schwimmenden Hund und fragte Golo: „Haben auf der Erde alle Hunde 3 Köpfe?"

„Alle Hunde, die ich bis jetzt gesehen habe, hatten nur einen Kopf", antwortete er.

Sie kletterte die kleine Leiter hinunter, stellte die Füße in den Sand. „Gehört er dir?"

Golo sagte: „Ich habe ihm nur die Stecken geworfen, um ihm eine Freude zu machen, aber ich kenne ihn nicht."

Der Hund kehrte mit den Stecken ans Land zurück, legte sie Golo zu Füßen und rannte davon.

„Weshalb läuft er weg?" wollte die Frau wissen.

- „Hunde haben sehr feine Nasen", erwiderte Golo, „vielleicht hat er etwas gewittert."

- „Würdest du dich als einfühlsamen Menschen bezeichnen?" erkundigte sie sich.

- „Wieso meinst du?" fragte er zurück.

Sie trat näher. „Nun, du hast herausgefunden, was ihm Spaß macht. Und du denkst darüber nach, weshalb er wegrennt. Du fühlst mit." Langsam zog sie die Handschuhe aus. „Was sagst du zu meinen goldenen Händen?"

Ein Mann eilte zum Strand. „Ich habe sie von weitem glänzen gesehen. Du bist sicher eine Außerirdische."

Sie spielte mit den Fingern. „In meinen Augen bin ich einfach eine Frau, aber es stört mich nicht, wenn du mich eine Außerirdische nennst."

- „Es geht mir nicht um die Namen", betonte er, „ich möchte dir nur die Hand geben und sehen, ob sie auch goldig wird."

Sie reichte ihm die Hand. Bei der ersten Berührung verwandelte sich seine Hand in Gold. „Jetzt hast du eine goldene Hand."

Er streckte die linke hin. „Kannst du sie auch vergolden?"

Sie wies auf das Raumschiff. „Ein Platz ist frei. Wenn du mitfliegst, berühre ich auch deine linke Hand."

Er hüpfte zur Leiter, die zur Luke führte. „Ich kann es kaum erwarten."

Die Frau blickte Golo ermunternd an. „Möchtest du auch goldene Hände?"

- „Ich habe einen einfachen Wunsch", gestand er, „ich möchte, dass meine Finger immer beweglich genug bleiben, um eine Brezel zu formen."

Sie betrachtete seine Hände. „Es war schön dich zu treffen. Ich hätte dir gern beide Hände gereicht. Möchtest du nicht dahin gelangen, wo du noch nie gewesen bist?"

- „Ich bin gern zu Fuß unterwegs", bekannte er, „da erscheint mir jeder Ort wie neu."

Sie ging zum Raumschiff, drehte sich um. „Darf ich nochmals nachfragen, wenn ich wieder auf der Erde lande?"

- „Du darfst mich immer fragen", versicherte er und schaute zu, wie sie hinter dem Mann und sich die Luke schloss.

Langsam und lautlos startete das Raumschiff, glitt über den See dahin, beschleunigte und verschwand hinter kleinen, lilienweißen Schäfchenwolken.

Golo kam zu einem ausgedehnten Sandstrand, schaute dem Spiel der Wellen zu. Eine Frau schwenkte ein seidengraues Tuch, streifte Golo mit einem Blick. „Du kannst selbst entscheiden, ob das auch für dich etwas wäre."

- „Ist es anstrengend?" wollte Golo erfahren.

„Du kannst es ganz entspannt heben und senken, ohne dich anzustrengen", empfahl sie ihm.

Ein Mann begab sich ans Ufer. „Das wäre schön, wenn ich das Tuch bekäme."

Die Frau überreichte es ihm. „Alle Menschen sollten die Möglichkeit haben, Tücher zu schwenken."

Er ließ den Stoff flattern, sagte nach einer Weile: „Wer allerdings richtig entspannen will, greift zu einer tiefen Farbe."

- „Woran denkst du?" fragte sie.

Seine Bewegungen verlangsamten sich. „Nichts gegen das graue, aber ich würde ein petrolblaues Tuch vorziehen."

Sie nahm ihm das graue Tuch ab. „Bei mir zuhause habe ich alle Farben. Komm mit und wähle deine Lieblingsfarbe aus."

Wie eine Tänzerin wirbelte sie auf einem Bein herum, fasste Golo ins Auge. „Für dich lässt sich bestimmt ein Tuch finden, dem du kaum widerstehen kannst."

Er wies mit dem Arm über den See. „Ich habe bloß einen kleinen Teil erkundet. Erst würde ich gern das ganze Südufer kennenlernen."

- „Lass dir Zeit", empfahl sie, „ich freue mich auf jeden Fall, wenn du hereinschaust. Es muss nicht sogleich sein." Sie entfernte sich mit dem Mann.

Die Sonne glänzte auf der Welle. Golo blickte über die schimmernde Wasseroberfläche. Ein fliegendes Reh flatterte mit den Flügeln, breitete sie aus, schwebte über den Baumwipfeln, glitt über den See. Golo beschirmte die Augen mit einer Hand, spähte. Eine Frau stellte sich neben ihn. „Siehst du zum ersten Mal ein fliegendes Reh?"

Er wandte sich ihr zu. „Das ist mir nie zuvor begegnet."

Ganz nebenbei lehnte sie bei ihm an. „Auf fliegende Rehe hat das Wasser eine magische Anziehungskraft. Da dein Interesse für Tiere ungebrochen ist, zeige ich dir ein Ereignis, das du nicht so schnell vergisst."

Sie führte ihn zu einer großen Platane, wo ein Schaf weidete. Wiederkäuend legte es sich zwischen die weitverzweigten Wurzeln des riesigen Baumes, schloss die Augen.

„Schafe sind sehr beliebt", anerkannte Golo, „wer ihnen

zuschaut, ist sofort entspannt."

Die Frau blinzelte mit fröhlichem Blick. „Das wäre schön, aber es ist nur die Hälfte des Ereignisses."

Tatsächlich schlich ein Wolf herbei.

„Müssen wir das Schaf beschützen?" fragte Golo.

„Warte es ab", bat sie ihn, „es schadet sicher nichts, erst einmal zu beobachten. Wenn etwas geschieht, das du nicht zulassen willst, kannst du immer noch eingreifen."

Der Wolf näherte sich dem Schaf, das schläfrig die Augen öffnete und weiter kaute. Er legte sich zu ihm, schlief ein. In einer vertraulich wirkenden Geste fasste die Frau Golos Oberarm. „Jetzt könnten wir entwerfen, was wir als nächstes machen."

Klicks

Über die weite Ebene spannte sich ein lilafarbenes Feld voller Lavendel. Auf dem Wanderweg begegnete Golo einer Frau, die pinkfarbene Socken trug. Sie machte ihm den Vorschlag: „Wir könnten einen Socken tauschen, sodass wir je an einem Fuß einen pinken Socken tragen."

Golo sagte: „Es ist sehr warm. Ich werde beide Socken ausziehen und barfuß in den Sandalen gehen." Er löste den Riemen der Sandalen und schlüpfte aus den Socken.

Ein Mann kam schnellen Schrittes an. „Ich habe schrecklich kalte Füße. Pinkfarbene Socken könnten mich wärmen."

- „Welche Farbe haben denn deine Socken?" erkundigte sich die Frau.

Er zog die Hosenbeine hoch. „Sie sind steingrau und wärmen nach meinem Dafürhalten kaum."

- „Eigentlich", gestand sie, „wollte ich nur einen Socken tauschen."

- „Warum nicht beide?" fragte er.

„Deine Frage ist berechtigt", fand sie, „tauschen wir doch beide Socken!"

Während sie sich auf ein Mäuerchen setzten und die Socken tauschten, spazierte Golo weiter. Heidekraut, Ginster und Lavendel blühten am Wegesrand. Bei einem einsamen Gehöft warf eine Frau den freilaufenden Hühnern Brotresten zu. „Möchtest du die Hühner füttern? So lernen sie dich kennen. Und wenn du das nächste Mal beim Hof eintriffst, kommen sie auf dich zu und begrüßen dich mit einem speziellen Gackern. Es drückt aus, dass sie dich kennen und sich freuen."

Golo zögerte, den Brotkorb in die Hand zu nehmen. „Ich sehe kein Gehege. Könnte es sein, dass die Hühner mir nachlaufen?"

- „Ich glaube kaum", erwiderte die Frau, „es geht ihnen zu gut auf dem Hof. Sie würden nie das Gelände verlassen."

Ein Mann bog um die Ecke. „Hühner begeistern mich. Ich finde, sie sind die intelligentesten Tiere. Ich muss nur verstehen, was sie mir sagen wollen. Dann kann ich mich wunderbar mit ihnen unterhalten."

Die Frau reichte ihm den Brotkorb. „Dann freust du dich sicher, die Hühner zu füttern."

Er brach ein Stück in kleine Teile, streute sie. Die Hühner gackerten, flatterten, umringten ihn. „Ich dachte, dass wir von Anfang an gute Freunde sein würden."

Die Frau fuhr Golo über den Arm. „Wie und in welcher Form hast du die Eier am liebsten? Möchtest du ein Spiegelei?"

Der Mann hielt für einen Moment inne. „Das Spiegelei ist meine Leibspeise."

- „Wie steht es mit dir?" erkundigte sich die Frau bei Golo. „Vielleicht esse ich später gern etwas", antwortete er, „zuvor möchte ich mir einen Überblick über die Hochebene verschaffen."

- „Ist gut", fand die Frau, „dann sehen wir uns wieder. Ein Spiegelei von einem frischen Ei hat einen unvergesslichen Geschmack. Ich muss es gar nicht würzen, höchstens mit ein bisschen Oregano."

Der Mann meldete sich zu Wort. „Mir läuft schon das Wasser im Mund zusammen."

Sie stellte den Solarkocher auf. „Es dauert nicht lange."

Golo machte sich auf den Weg. „Wir sehen uns!" rief ihm die Frau nach.

Die Weite der Wiese trennte eine Reihe Bäume vom hohen Himmel. An einem Zaun befestigte eine Frau ein Banner. Es war 3 Meter lang und einen Meter hoch. „Hast du eine Idee, was du darauf malen könntest?"

- „Ich?" wunderte sich Golo, „möchtest du es nicht selber tun?"

- „Ich finde es am allerschönsten, etwas bereitzustellen, dass es zur Verfügung steht. Das macht mir mehr Spaß als das Bemalen", erklärte sie.

Ein Mann eilte mit federnden Schritten herbei. Er stellte einen Farbeimer ab und wedelte mit dem Pinsel. „Mir geht es ähnlich. Wenn ich durch mein Atelier streife und die Eimer angucke, frage ich mich: Welche Farbe könnte ich heute in die Welt tragen? Nur selten drängt es mich, etwas selber zu gestalten."

Die Frau streckte den Kopf vor. „Welche Farbe hast du denn heute ausgesucht?"

Er hob den Deckel vom Eimer. „Es ist Magenta."

Sie nahm ihm den Pinsel ab und reichte ihn Golo. „Du hast Glück. Dann wirst du magentafarben malen."

Golo tauchte den Pinsel in die Farbe, malte schwungvoll über die ganze Länge des Banners einen geflügelten Drachen.

„Was tust du, wenn ein Drache landet?" fragte die Frau.

Der Mann ließ sich den Pinsel zurückgeben, reinigte ihn

mit einem Tuch. „Ich würde ihn fragen, ob er mein bester Freund sein möchte."

Ein Flugschatten streifte ihn. Neben dem Zaun landete ein magentafarbener Drache, legte die Flügel an. Die Frau lachte hell auf. „Nun kannst du ihn direkt fragen."

Der Mann meinte: „Wozu auch? Die Frage ist bereits beantwortet." Er schwang sich auf den Rücken. „Kommt mit! Der Drache ist unser Freund."

Ohne weiteres Bedenken setzte sich die Frau vor ihm auf den Rücken des Drachens, gab Golo einen Wink. „Er ist stark genug, kann uns alle tragen."

Golo wich ein paar Schritte zurück. „Ich möchte lieber zuschauen. Das macht mir mehr Spaß."

- „Ich glaube es nicht", erwiderte sie, „es gibt doch keinen größeren Spaß als zu fliegen."

Der Drache blickte Golo fragend an, bevor er abhob, seine riesigen Flügel schwang, rasch Höhe gewann und über die Hochebene dahinglitt. Das Brausen und die Jauchzer der Frau verklangen.

Golo schloss den Farbeimer, legte den Pinsel darauf, ging weiter. Eine Frau, die ihm entgegenkam, setzte ein freundliches Lächeln auf. „Wenn ich deine Haare sehe, fällt mir das Wort ‚zerrauft' ein."

- „Ich verstrubble meine Haare nicht", berichtigte er, „es ist die Macht der Sonne. Sie scheint auf mein Haar, und schon steht es nach allen Seiten ab."

Die Frau zog einen goldenen Kamm aus der Tasche. „Das ist nicht weiter schlimm. Ich kämme dein Haar."

In diesem Augenblick traf ein Mann ein. „Wunderbar, dass du einen Kamm hast! Mein Haar sieht nämlich so wirr und unordentlich aus. Ich mag schon gar nicht mehr in den Spiegel schauen."

Die Frau fuhr mit dem Daumennagel über den Kamm, dass die Zähne klangen. „Da kann ich Abhilfe schaffen. Bei mir zuhause habe ich einen kleinen Frisiersalon eingerichtet. Ich wasche eure Haare, pflege sie. Und dann blickt ihr so gern in den Spiegel, dass ihr kaum mehr den Blick abwenden könnt."

Der Mann rieb sich die Hände. „Das hätte ich mir in meinen kühnsten Träumen nicht vorzustellen getraut."

Flüchtig, wie zufällig berührte sie mit dem Kamm Golos Hand. „Ich darf doch darauf zählen, dass du auch nichts anderes sehnlichst herbeiwünschst."

Er zog seine Hand zurück. „Vielen Dank für das Angebot! Ich bin noch zu einem Essen eingeladen. Wenn es dir nichts ausmacht, schaue ich ein andermal bei dir herein."

Sie kämmte mit der rechten Hand die Finger der linken. „Mein Salon wartet auf dich."

- „Und was ist mit mir?" erkundigte sich der Mann, „bin ich auch erwartet?"

- „Mehr als erwartet", versicherte sie, „du bist an der Reihe."

Er fuhr sich übers Haar. „Schon bald kann ich mich wieder sehen lassen."

Mit einem angeregten Gespräch über Frisuren entfernten sie sich.

Golo hob den Hut, glättete das Haar, wechselte ein paar Schritte in die entgegengesetzte Richtung. Am Ende der Hochebene stieg das Gelände mit Felsbändern an. Dort begegnete Golo einer Frau mit einem Feldstecher. „Ich habe einen Waldrapp gesehen", berichtete sie, „das ist ein äußerst seltener Vogel. Wenn wir Glück haben, landet er auf der Wiese, und wir können ihn beobachten."

Ein Mann stieß dazu. „Seid ihr richtige Vogelliebhaber oder führt ihr den Feldstecher aus einem anderen Grund mit?"

Sie bat ihn, die Stimme zu senken, um den Waldrapp nicht zu vertreiben. Der Name belustigte ihn. Er lachte laut. „Waldrapp tönt wie Rapper. Vielleicht rappt er."

Ein schwarzer Vogel, dessen Federn metallisch glänzten, flog aus der Wiese auf. Die Frau spähte durch den Feldstecher. „Es ist passiert! Du warst zu laut. Der Waldrapp flieht."

Er fragte: „Darf ich einmal den Feldstecher benutzen?"

Sie händigte ihn aus. „In den Felsen wirst du ihn kaum mehr sehen."

- „Dann steigen wir hinauf", schlug er vor.

Sie begleitete ihn. „Wir müssen vorsichtig sein, sonst erschrecken wir ihn."

Der Mann sagte: „Ich passe auf." Er drehte sich nach Golo um. „Ich dachte, wir alle 3 würden zum Waldrapp gehen."

Golo entdeckte einen Wanderweg. „Ich würde gern herausfinden, wo er hinführt."

Die Frau meinte: „Vielleicht hast du Glück und siehst den Waldrapp hier unten."

Der Weg folgte dem Felsenband durch einen dichten Wald. Schnell wechselten Licht und Schatten. Eine Frau balancierte auf einem Baumstamm, zeigte auf die leere Teebeutelschachtel in ihrer Hand. „Was machst du damit?"

Sorgfältig nahm Golo die Schachtel auseinander. Deckel und Boden standen seitlich ab wie Arme. Die Seitenwand oben erinnerte entfernt an einen Kopf. Die Seitenwand unten konnte er sich als Beine vorstellen. „Es kommt mir vor, dass ich ein Männchen sehe."

Die Frau lobte: „Du machst die Schachtel zum echten Hingucker."

Ein Mann bewegte sich aus einem Busch heraus, zog eine Schere aus der Tasche. „Kannst du damit etwas anfangen?"

Golo schnitt 2 Beine aus, Arme mit Händen, den Kopf mit Ohren. „Das ist der Teebeutelschachtelmann."

Die Frau sprang vom Baumstamm. „Ich werde ihn in meiner Galerie ausstellen."

- „Wie wäre es", fragte der Mann, „wenn ich zur Vernissage Tee kochen würde?"

Sie nahm Golo den Teebeutelschachtelmann ab. „Gehen wir!"

Golo blieb stehen. „Fast hätte ich die Einladung zum Essen vergessen. Das sollte nicht passieren."

Der Mann pflichtete ihm bei. „Einladungen sind freundlich." Er ließ sich die Schere zurückgeben. „Man muss ihnen unbedingt folgen."

Die Frau lenkte die Schritte zum Ausgang des Waldes. „Komm einfach nach dem Essen."

Der Mann folgte ihr. „Bis dann bereiten wir die Ausstellung und den Tee vor."

Golo las die Schnipsel, die er ausgeschnitten hatte, auf, schaute der Frau und dem Mann nach.

Der Wind streifte durch die Bäume. Auf einer Lichtung saß eine Frau neben einem Solarkocher und schnitt Kartoffelscheiben. „Wie hast du die Bratkartoffeln am liebsten", fragte sie, „soll ich sie roh oder gekocht braten?"

Golo bedauerte: „Ich bin schon zu einem Essen eingeladen."

- „Mach dir doch das Leben nicht komplizierter, als es ist", riet die Frau, „du folgst der ersten Einladung, isst aber nicht allzu viel. Dann kehrst du zurück, und wir genießen gemeinsam ein paar Bratkartoffeln." Sie lachte. „So mager, wie du daherkommst, darfst du ruhig etwas zulegen."

„Danke für die Einladung und den Tipp", erwiderte Golo, „ich sehe schon: Ich bin in einer sehr gastfreundlichen Gegend."

Er wandte sich dem Waldinnern zu. Die Sonnenstrahlen drangen durch die Blätter. Ein riesiger Pottwal flog gegen den Wind auf. Die Blätter rauschten. Ein Mann, der Golo aufblicken sah, fragte: „Möchtest du die Sprache der Pottwale lernen? Ich könnte dich in ihre Klicks einführen."

Golo blieb stehen, guckte dem Wal nach und antwortete dann: „Wer ihre Sprache versteht, wird sicher neue Freunde finden."

Der schneeweiße Schafbock

Auf allen Seiten von funkelndem Blau und Sand umgeben, lag die Insel im See. Golo entdeckte eine Blume, die er nie zuvor gesehen hatte. Die Blüte schimmerte lilafarben. Plötzlich verwandelte sie sich in ein pflanzenartiges Tier und verschwand im Unterholz. Golo folgte ihm, verlor es aus den Augen. Am Strand winkte ihm eine Frau. Er trat näher.

Sie stand vor einem Solarkocher. „Ich koche Karotten-Couscous. Möchtest du mit mir essen?"

Ein Mann lief über den Strand. „Hier riecht es fein!"

Sie sagte stolz: „Es riecht nicht nur fein, es wird auch fein schmecken."

Er setzte sich in den Sand. „Ist das eine Einladung?"

- „Ich habe genug gekocht", erwiderte sie, „ich weiß doch, dass meine Kochkünste Gäste anlocken. Was ich dem Couscous beimengen möchte, sind Haselnüsse und getrocknete Aprikosen."

- „Ich schaue mich auf der Insel um", erklärte Golo, „mit etwas Glück finde ich die Zutaten."

- „Bleibe aber nicht zu lange weg", bat sie, „der Couscous ist bald fertig."

Golo wanderte ins Innere der Insel. Die Blumen, die in der Wiese blühten, verströmten einen intensiven Duft.

Eine Frau lehnte gegen eine Fahnenstange. „Ich würde gerne eine Flagge hissen, aber ich weiß nicht welche.

111

Hast du eine Idee?"

Golo dachte nach. „Sie sollte, wenn immer möglich, allen Menschen gefallen und kein Tier erschrecken", war sein erster Gedanke.

Ein Mann kreuzte auf, brachte eine Regenbogenfahne. „Ich sehe eine leere Stange. Gewiss habt ihr auf mich und meine Flagge gewartet."

- „Nicht eigentlich", gestand die Frau, „doch jetzt, wo du vor uns stehst, habe ich nur einen Wunsch: Ziehe sie auf!"

Er hisste die Fahne. „Und nun legen wir uns ins Gras und betrachten, wie sie im Wind weht."

- „Das wird uns bestimmt guttun", pflichtete sie ihm bei. Ihr fiel auf, dass sich Golo zum Gehen wandte. „Möchtest du dich nicht mit uns an der Flagge freuen?"

- „Später vielleicht gerne", erwiderte er, „im Moment suche ich Haselnüsse und getrocknete Aprikosen."

Der Mann legte sich ins Gras. „Da musst du nicht weit suchen. Die Insel bietet dir alles."

Die Frau machte es sich neben der Fahnenstange bequem. „Ich wünsche dir viel Glück bei der Suche."

Golo dankte. „Glück kann ich immer brauchen." Auf dem Weg zum Innern der Insel setzte er einen Fuß vor den andern. Dabei begegnete er einer Frau mit einem Kerbschnitzmesser. Sie hatte außerdem ein Stück Lindenholz.

„Sicher beginnst du gleich zu schnitzen", vermutete Golo.

„Das würde ich sofort tun", bestätigte sie, „mir fehlt jedoch ein Buch übers Kerbschnitzen. Davon verspreche ich mir viele Anregungen."

Ein Mann machte große Schritte. Er hatte ein Buch unter

den Arm geklemmt. „Wahrscheinlich kennt ihr mich", vermutete er.

„Leider nicht", sagte die Frau, „aber es freut mich, dich kennenzulernen."

Er wandte sich an Golo. „Du hast mich so angeguckt, als ob ich dir bekannt vorkäme."

- „Das war nicht meine Absicht", erklärte Golo, „mich interessieren alle Menschen, und da schaue ich eben neugierig."

- „Nun gut", beschränkte sich der Mann, „dann muss ich mich eben vorstellen."

Er präsentierte stolz das Buch. „Ich bin ein Autor, habe ein Standardwerk übers Kerbschnitzen geschrieben. Die Arbeiten, die abgebildet sind, habe ich alle selber von Hand geschnitzt. Alle Schritte sind ausführlich erklärt." Lächelnd fügte er bei: „Man darf sich eben beim Schnitzen keine Schnitzer erlauben."

Die Frau nahm ihm das Buch aus den Händen, schlug es auf. „Diese Rosette würde ich gerne schnitzen. Gibt es einen Trick oder einen Tipp, den du mir geben könntest?"

Er zog einen Zirkel aus der Tasche, legte ihn auf eine Felsenplatte. „Nimm ihn, spreize seine Schenkel, und schon hast du den Radius der Rosette."

Sie schob das Lindenholzstück auf die Felsenplatte, behändigte sich des Zirkels. „Hältst du das Holz?" bat sie Golo.

Er entschuldigte sich. „Ohne Haselnüsse und getrocknete Aprikosen darf ich mich kaum am Strand blicken lassen."

Der Mann setzte eine gewichtige Miene auf. „Das Essen geht vor. Ich würde nie mit leerem Magen schnitzen. Da ich gut gegessen habe, fällt es mir leicht, das Holz zu halten."

- „Zum Glück haben wir noch dich", sagte die Frau, zog mit dem Zirkel einen Kreis. Sie rief Golo nach. „Komm auf dem Rückweg bei uns vorbei. Ich möchte dir meine erste Rosette schenken."

Der Mann fuhr mit der Zunge über die Lippen. „Kerbschnitzereien sind ideale Geschenke. Wer sie bekommt, kann sich ein Leben lang daran erfreuen."

Golo geriet auf einen Waldweg. Der Stamm eines Baums war knorrig, in sich verschlungen.

Eine Frau forschte den Wald aus. „Ich wüsste einen faszinierenden Parcours für uns."

Golo blieb stehen. „Wo beginnt er? Wo führt er hin?"

- „Ich sehe, du bist interessiert", freute sie sich, „als erstes klettern wir über den Stamm. Danach kriechen wir unter dem mächtigen Wurzelstrang durch." Sie führte gleich aus, was sie angekündigt hatte.

Golo folgte ihr, stieg über den mächtigen Stamm, duckte sich unter der Wurzel durch. „So ein Parcours steckt voller Überraschungen", anerkannte er.

„Das ist erst der Anfang", rief sie.

Ein Mann trat hinzu. „Ich suche ein Abenteuer oder einen Parcours."

- „Da bist du bei uns genau richtig", erklärte die Frau, „als nächstes dringen wir durch die Brombeerhecke. Nirgends hängen zu bleiben, ist die Herausforderung, die sie stellt." Sogleich verschwand sie in der dichten Hecke.

Der Mann kroch ihr nach. „Ich finde, dass wir immer unser Bestes geben sollten."

Golo hielt inne. „Diesen Teil des Parcours möchte ich später absolvieren."

- „Was hast du denn so Wichtiges zu besorgen?" wollte die Frau wissen.

„Haselnüsse und getrocknete Aprikosen", antwortete er.

„Sieh das auch als Teil des Parcours an", empfahl sie, „halte den Rücken gerade und den Nacken steif!"

- „Ist gut", versprach Golo, schaute sich um. Der Weg führte um den Wurzelstrang herum.

Eine Frau tauchte aus dem Halbdunkel auf. „Ich suche ein Buch, das mich physisch als auch in Gedanken begleitet."

Golo berichtete: „Ich habe einen Autor kennengelernt. Er schrieb ein Standardwerk übers Kerbschnitzen. Was meinst du? Möchtest du dieses Buch mit dir herumtragen?"

Sie spitzte die Lippen. „Wer weiß, vielleicht könnte mich das Buch fürs Schnitzen begeistern."

Golo vermutete: „Das halte ich für möglich." Er beschrieb ihr den Weg zur Felsenplatte, wo er den Autor getroffen hatte. Mit langen Schritten entfernte sie sich. „Danke für den Tipp! Ich hoffe, dass ich dir auch einmal mit einem Hinweis dienen kann."

- „Bestimmt" rief ihr Golo nach, hörte ihre Schritte verhallen.

Als er immer weiter ins Innere der Insel vorstieß, begegnete ihm vor einem Felsen ein Mann mit einem Lampenhelm. „Bist du ein Höhlenforscher?" fragte er.

Golo hob den Hut, fuhr sich durchs Haar. „Die ganze Insel finde ich interessant."

- „Dann bist du der rechte Mann für die Höhle", folgerte der Mann, „ich zeige dir alles. Die Höhle weist einen

Haupt- und einen Nebengang auf."

Er führte Golo zur Höhle, zündete die Lampe an seinem Helm an. „Den Hauptgang habe ich gut erforscht. In den Nebengang habe ich mich bisher noch nicht vorgewagt. Mit dir zusammen getraue ich mich."

- „Wovor hast du Angst?" erkundigte sich Golo.

„Angst habe ich keine", berichtigte er, „es macht nur keinen Spaß, alleine in einen Nebengang zu dringen."

Unter diesem Gespräch waren sie tiefer in die Höhle gelangt, unmittelbar vor eine Ausweitung des Hauptganges, welche auf die Nähe zu einem Nebengang hindeutete.

„Da gehen wir hinein", bestimmte er und ging gleich voran.

Hinter einer Biegung weitete sich der Gang, mündete in eine große, muschelartige Höhle, an dessen hinterem Rand ein Gartenhäuschen stand. Es war grasgrün angemalt. Die Tür öffnete sich. Eine Frau trat heraus. „Wie habt ihr mich gefunden?"

Der Mann gestand ehrlich: „Den Nebeneingang hatte ich vor geraumer Zeit entdeckt. Allein war ich zu ängstlich, um einzudringen. Doch mit Begleitung fasste ich mir ein Herz. Und so stehen wir da."

Sie schlug die Lider nieder. „Das klingt vertrauenswürdig. Und so zögere ich nicht, euch mein kleines Geheimnis zu verraten."

Sie winkte. „Kommt mit! Das Gartenhäuschen hat einen Hinterausgang. Durch einen Schacht gelangen wir direkt zu einer Wiese, in der ein Kitz liegt. Wir müssen vorsichtig sein, dass wir die Rehgeiß nicht erschrecken."

Sie führte den Mann und Golo durch das Häuschen und

den Schacht ans Oberlicht. Das ganz junge Kitz war noch nicht so sicher auf den Beinen. Sein Gang war ruhig, aber etwas wackelig.

„Da möchte ich bleiben", flüsterte der Mann, „das Kitz und die Rehmutter beobachten."

- „Das dürft ihr selbstverständlich", erlaubte sie, „so eine Gelegenheit bietet das Leben einmal in 100 Jahren."

Eine Weile lang blieb Golo in der Betrachtung versunken, dann aber regte sich in ihm der Bewegungsdrang. „Ich kehre durch die Höhle zurück, um die Rehgeiß und das Kitz nicht zu erschrecken", sagte er mit gesenkter Stimme.

„Was hast du vor?" wollte die Frau wissen.

„Ich suche Haselnüsse und getrocknete Aprikosen", antwortete er leise.

„Das habe ich leider nicht an Lager", bedauerte sie, „können wir so verbleiben: Wenn du die Sachen gefunden hast, kehrst du zu uns zurück und wir berichten dir, was wir in der Zwischenzeit beobachtet haben."

- „Das ist eine gute Idee", fand Golo und zog sich durch das Gartenhäuschen zurück. Er verließ die Höhle, wanderte um den Felsen herum. Bei einer Blumenwiese traf er einen Mann, der auf einem ausrangierten Bürostuhl bei einem schneeweißen Schafbock saß. „Wir 2 verstehen uns prächtig", sagte der Mann, „ich habe das Gefühl, dass mir der Bock seine Gedanken sendet. Ich kleide sie in Worte, rede mit ihm. Und wenn ich bei ihm Zustimmung sehe, denke ich mir, dass ich richtig liege."

- „Das ist ein ziemlich stilles Einvernehmen", stellte Golo fest, „da will ich nicht weiter stören."

- „Du störst bestimmt nicht", versicherte er, „mein Bock

sagt mir, dass er dich mag."

Golo horchte auf. „Das weckt meine Neugier", gab er zu, „was ist es, was er an mir besonders schätzt?"

Der Mann lachte. „Ihm gefällt, dass du so neugierig und aufrichtig bist. Das entspricht ganz unserem Wesen. Wir wollen nämlich auch wissen, wer und was sich umtreibt. Wir interessieren uns für alles."

Der riesige Wolf

Als Golo durch einen Park mit wuchernden Bäumen streifte, begegnete er einem Känguru und einem Bären. Das Känguru zog einen Backstein aus dem Beutel. „Wir möchten ihn irgendwo platzieren. Doch wir sind uns nicht einig, wo."

Golo ließ den Blick vom Känguru zum Bären wandern. „An eurer Stelle würde ich ihn an ganz verschiedenen Orten hinlegen, bis ihr einen Platz findet, der beiden gefällt."

- „Das haben wir bereits getan", berichtete der Bär, „leider verlief es nicht nach Wunsch. Einmal hatte das Känguru Einwände, dann wieder ich. Nie fanden wir den Platz, der uns beiden passte."

Eine Frau begab sich in den Park. „Ich suche einen Backstein."

Das Känguru hob ihn hoch. „Sollte er etwa so aussehen?"

- „Das wäre ein Traum, wenn ich ihn bekäme!" sagte sie.

„Was hast du damit vor?" erkundigte sich der Bär.

Sie deutete aufs Haus neben dem Park. „Ich würde ihn gern auf meinen Schreibtisch legen. Dann könnte ich einen Bleistift hineinstellen und würde ihn nie mehr verlegen."

Das Känguru gab ihr den Backstein. „Der Platz gefällt mir."

- „Einen besseren könnten wir kaum finden", pflichtete ihm der Bär bei.

Die Frau lud sie ein. „Kommt mit! Wir trinken einen Tee."

- „Wann bist du das letzte Mal vor Freude in die Luft gesprungen?" fragte das Känguru den Bären.

Er wusste es nicht mehr, ließ sich jedoch sofort zu einem Hüpfer hinreißen. „Gerade jetzt."

Die Tiere folgten der Frau. Sie blieb stehen, blickte Golo an. „Wie steht es mit dir? Beteiligst du dich an unserer kleinen Teerunde?"

- „Wenn es euch nichts ausmacht, komme ich etwas später nach", sagte er, „ich würde mich gern im Park umsehen."

- „Ist gut", entgegnete die Frau, „ich halte für dich eine Tasse bereit."

Golo spazierte tiefer in den Park hinein, entdeckte auf einem Rosenblatt eine Wanze. „Schau einmal meinen wunderbar grünen Körper an", forderte sie ihn auf, „ich bin mit dem Namen, den ihr Menschen mir gebt, überhaupt nicht einverstanden."

- „Du musst mir helfen", bat Golo, „wie lautet der Name?"

- „Grüne Stinkwanze", antwortete sie, „ich melde einen großen Vorbehalt gegen diesen Namen an."

Golo schnupperte an ihr. „Das verstehe ich. Du stinkst gar nicht."

- „Jetzt nicht", berichtigte sie, „du bist ja auch keine Gefahr für mich. Doch wenn mich ein Tier oder ein Mensch bedroht, kann ich ein übelriechendes Sekret absondern."

Er strich sich durch den Bart. „Es ist dein gutes Recht, dich zu wehren. Welchen Namen würdest du denn vorziehen?"

Sie richtete sich auf. „Palomena prasina. Dieser Name gefällt mir."

- „Dann nenne ich dich von nun an Palomena prasina", versicherte Golo, „den Namen präge ich mir ein. Er klingt musikalisch."

Ein Mann kam in den Park gelaufen. „Ich habe eine Melodie im Kopf. Sie besteht aus 7 Tönen. Toll wäre es, wenn mir jemand einen Text dazu geben könnte."

Golo wandte sich um. „Wie wäre es mit ‚Palomena prasina'?"

Der Mann zückte sein Notenbüchlein. „Das muss ich sogleich notieren. Wem könnte ich die Melodie vorsingen?"

Golo zeigte ihm die Wanze. „Frage sie! Ich vermute, eine dankbarere Zuhörerin findest du kaum."

Er notierte die Worte, sang sie der Wanze vor. Sie rief immer: „Nochmals von vorne!"

Golo überließ die beiden ihrer Musik und schaute, wohin ihn der Parkweg führte. Einzelne Tannen ragten in den Himmel. Eine Frau durchmaß den Park mit federnden Schritten. Sie trug einen Strauß. „Hast du gern blühende Blumen?"

- „Blumen gefallen mir", sagte er.

Sie schenkte ihm den Strauß. „Ich dachte es. Dann macht dir der Strauß bestimmt Freude", erwiderte sie und entfernte sich schnell mit ihrem geschmeidigen Gang.

Golo schaute sich um. „Ich sollte eine Vase finden."

Ein Mann stellte sich ein, klatschte in die Hände. „Ich gäbe viel darum, wenn ich so schöne Blumen hätte!"

Golo bot ihm den Strauß an. „Möchtest du ihn haben?"

Der Mann war außer sich vor Freude. „Damit hätte ich nie gerechnet, als ich heute morgen aufgestanden bin."

- „Ein Tag hält viele Überraschungen bereit", bemerkte Golo.

Der Mann rannte mit dem Strauß davon. „Danke vielmals!"

Golo guckte ihm nach, bevor er seinen Weg durch den

Park fortsetzte. Ein kleiner Seitenpfad führte in eine steppenartige Wildnis. Brombeeren wucherten um Bäume mit tief herabhängenden Ästen. Unversehens geriet er in einen Hang, wo sich ein Rudel Wölfe aufhielt. Sie hoben die Köpfe. Golo wollte sich Schritt für Schritt zurückziehen, doch der Leitwolf rief ihm zu: „Spazierst du allein?"

- „Ich bin allein unterwegs, betrachte jedoch Blumen, Bäume, Tiere und Menschen. Von daher bin ich nie ganz allein", verdeutlichte Golo.

„Ist gut", meinte eine Wölfin, „dann kannst du ja nähertreten und uns betrachten."

Vorsichtig ging Golo aufs Rudel zu. „Danke für die Einladung!"

- „Hast du Angst?" wollte ein junger Wolf wissen.

Golo blieb wenige Schritte vor ihm stehen. „Sagen wir es so: Ich habe großen Respekt."

Die Wölfin tat ihm kund: „Gleich werden wir aufbrechen und weiterziehen. Begleitest du uns?"

- „Eine kleine Teerunde wartet auf mich", bedauerte Golo, „ich möchte sie nicht enttäuschen."

Der Leitwolf brach auf. „Das verstehen wir."

Die Wölfe liefen tiefer in die Steppenlandschaft hinein. Golo verlor sie aus den Augen. Auf dem Rückweg zum Park verlief er sich in der Wildnis, geriet auf eine Weide, wo Kühe, Pferde, Schafe und Ziegen grasten.

Eine Frau fragte: „Gefallen dir meine Tiere?"

Er bejahte und erkundigte sich: „Wie hast du es geschafft, dass deine Tiere so gut miteinander auskommen?"

- „Ich spreche jedes Tier als Individuum an", erklärte sie, „und Individuen sind wir ja alle, unabhängig davon, in welche Gattung uns jemand einordnen möchte."

Sie blinzelte ihn an. „Möchtest du mit mir im Freien essen? Ich habe einen Picknickkorb dabei."

Gerade, als Golo antworten wollte, erschien ein Mann auf der Weide. „Ich habe einen Riesenhunger. Darf ich mich selber einladen?"

Die Frau lachte. „Nur zu! Mein Picknickkorb ernährt auch 3 Gäste."

- „Was mich betrifft", schränkte Golo ein, „ich bin bereits eingeladen, und zwar zu einem Tee."

Sie winkte ab. „Ich bin noch lange bei den Tieren anzu-treffen. Du nimmst an der Teerunde teil und kehrst dann zurück."

Golo ließ sich den Weg zum Park erklären und verabschie-dete sich. „Heute sind alle überaus freundlich. Ich kann kaum alle Einladungen wahrnehmen."

- „Lass dich nicht aus der Ruhe bringen", riet sie, „der Tag hat 24 Stunden. Wer eins nach dem anderen anpackt, tut nichts Unrechtes."

Golo verließ die Weide. Auf der angrenzenden Wiese traf er eine Frau. Sie spielte für sich allein Federball. Als sie Golo sah, hob sie den zweiten Federballschläger auf und reichte ihn Golo. „Zu zweit macht das Spiel viel mehr Spaß."

- „Gibt es irgendwelche Tipps und Tricks, die ich beson-ders beachten sollte?"

Sie zeigte ihm den runden Kunststoffteil in der Mitte des Balles. „Versuche, immer ihn zu treffen." Mit diesen Worten übergab sie ihm den Ball. „Und denk daran, es ist ein Bewegungsspiel. Schau die Flugbahn des Balles an und probiere, ihn auf dem Höhepunkt zu treffen. Lauf ihm entgegen. Warte nicht, bis er zu dir kommt."

Sie gingen ein paar Schritte auseinander. Golo schlug den Ball, sie spielte zurück. „Du kannst es."

Ein Mann eilte im tänzelnden Laufschritt über die Wiese. „Ich liebe alle Sportarten und habe schon lange nicht mehr Federball gespielt."

Golo fragte die Frau: „Ist es für dich in Ordnung, wenn ich ihm den Schläger gebe?"

Sie lachte. „Wenn du lieber zuschaust, habe ich nichts dagegen."

Begeistert nahm der Mann den Schläger. „Von mir kannst du viel lernen. Ich bin pausenlos in Bewegung. Das erhält mich fit."

- „Ich gehe erstmal Tee trinken", sagte Golo, „und schaue später wieder bei euch vorbei."

- „Dann möchte ich aber unbedingt mit dir spielen", bedingte sich die Frau aus.

„Ist gut", erwiderte Golo.

Der Mann schlug vor: „Ich könnte noch 2 Schläger und eine Mitspielerin organisieren. Wenn wir 4 sind, kommt der Teamgedanke ins Spiel. Wir gehen aufeinander ein. Wir stimmen die Bewegungen ab."

„Das tönt verlockend", gab Golo zu. Um sich nicht wieder in der steppenartigen Wildnis zu verlaufen, folgte er auf dem Rückweg zum Park einem Bach. Er lauschte genau, hörte das Wasser plätschern. Als er sich dem Bach näherte, fiel ihm die belebte Stille auf. Der Wind wisperte in den Blättern. Vögel zwitscherten. Er hörte einzelne Tropfen auf den Stein klatschen. Beim Wasserfallbecken stiegen

Luftblasen wie Geflüster zur Oberfläche auf. Er schaute dem glitzernden Strahl zu, beobachtete eine schnatternde Ente. Golo hob die Nase, schnupperte. Es roch nach Haselnüssen.

Am Bach hatte eine Frau den Solarbackofen und eine Sonnenuhr aufgestellt. „Ich backe Haselnussmakronen", erklärte sie, „bald sind sie fertig. Möchtest du eine kosten?" Ein Mann schlug den Weg zum Bach hinunter ein. „Hier werden Haselnussmakronen gebacken."

- „Du kannst dich auf deine Nase verlassen", sagte die Frau, „ich bin gerade an der Umfrage, wer sie probieren möchte."

Er stemmte die Hände in die Hüften. „Ich würde sehr gern eine oder mehrere essen."

Sie guckte Golo an. „Wie steht es mit dir?"

- „Deine Makronen riechen außerordentlich fein. Wie lange dauert es, bis sie gebacken sind?"

Die Frau blickte auf die Sonnenuhr. „Etwa 5 Minuten."

- „Hierauf musst du sie abkühlen lassen", vermutete er.

„Das dauert schneller als gedacht", versicherte sie.

Golo lenkte die Schritte zum Park. „Es könnte gut sein, dass ich bis dann zurück bin", nahm er an, „es sei denn, ich werde irgendwo aufgehalten."

In einem tiefgrünen Hang begegnete ihm ein riesiger Wolf. Er hatte bernsteinfarbene Augen, ließ den Blick auf Golo ruhen. „Kannst du der eigenen Wahrnehmung vertrauen?"

- „Ich denke schon", erwiderte Golo.

Der Wolf fragte weiter: „Kannst du mit Leichtigkeit deine Zehen berühren?"

Golo versuchte es. „Es geht, wenn ich leicht in die Knie gehe."

- „Bleibe beweglich", riet ihm der Wolf und wandte sich zum Gehen.

Die Rehkappe

Mit einem dichten Pelz aus Bäumen war die Schlucht überzogen. Golo fand einen Weg, der dem rauschenden Bergfluss folgte. Eine Frau ging das Ufer entlang. Sie hielt ein etwa 5 Zentimeter großes, goldenes Ei in der Hand. „Nimmt es dich wunder, was darin ist?"

- „Lässt es sich öffnen?" fragte Golo zurück.

Ein Mann erschien mit weit ausladenden Schritten. „Ich kenne mich aus mit goldenen Eiern. Darf ich es mir näher ansehen?"

Sie überreichte ihm das Ei. „Jedes ist anders. Das dürfte dir bekannt sein."

- „Gewiss", bestätigte er, „ich unterscheide Eier, die sich öffnen lassen, und verschlossene."

- „Und wofür hältst du dieses Ei?" fragte sie.

Er hielt es in der linken Hand, guckte es genau an. „Es lässt sich öffnen." Während er mit der rechten Hand schraubte, bemerkte er: „Ich kann sie auch nach dem Inhalt einteilen. Es gibt Eier, die etwas enthalten. Sie sind wertvoller als leere."

Überrascht klaubte er einen Ring hervor. „Das ist ein äußerst kostbarer Fund."

- „Bist du mutig?" forschte sie, „wagst du es, den Ring an den Finger zu stecken?"

Ohne Umschweife gab er ihr das Ei zurück, steckte den Ring an. „Er passt genau."

Sie schubste ihn sanft an. „Du hast Finger wie ein Pianist. Kannst du mein Lieblingslied spielen?"

Er drehte den Ring am Finger. „Wie heißt es?"

Sie spielte mit beiden Händen Luftklavier. „Im wunderschönen Monat Mai, von Robert Schumann."

Er blickte sich um. „Gibt es ein Klavier in der Nähe?"

- „In 5 Minuten sind wir bei mir. Ich habe einen Flügel in der Stube und kann es kaum erwarten, dich spielen und singen zu hören", ereiferte sie sich, drehte sich schnell nach Golo um. „Dich lade ich auch ein."

Er ließ sich die Lage ihres Hauses beschreiben. „Ich komme etwas später nach. Gerne würde ich noch für eine Weile die Musik des Bergflusses genießen."

Der Mann lauschte. „Er rauscht in C-Dur", erklärte er, bevor er mit der Frau um eine Wegbiegung verschwand.

Golo horchte, hörte Melodien im Wasserfall. Eine Frau flanierte am Ufer unter den Bäumen. „Da vorne gibt es ein Rind aus Stahl. Möchtest du es sehen?"

- „Ist es eine Art Denkmal?" erkundigte er sich.

„Ein Kunstwerk", verdeutlichte sie. Während sie nebeneinander flussabwärts schritten, sagte sie: „Es macht Spaß, die Skulptur von allen Seiten zu betrachten."

Das lebensgroße Rind stand auf einem Steinsockel. Sie gingen darum herum. „Das Kunstwerk", erklärte die Frau, „wirft die Frage auf: Wie gehen Menschen mit Tieren um?"

Ein Mann geht geradewegs auf sie zu. „Kommt ihr mit? Meine Rinder leben frei auf der Weide und sind ganz zutraulich. Ich würde sie euch gerne zeigen."

Die Frau war begeistert. „Darauf freue ich mich." Sie fasste Golo ins Auge. „Das könnte dir auch gefallen."

Ihm fiel ein: „Ich bin zu einem kleinen Hauskonzert eingeladen."

- „Das macht fast gar nichts", erwiderte der Mann, „du kannst jederzeit zur Weide kommen. Es eilt durchaus nicht. Ich gehe einmal voraus."

Die Frau schloss sich ihm an. „Herden mag ich ganz besonders."

„Bei mir leben die Jungtiere mit ihren Müttern zusammen. Kalbern, Säugen, alles geschieht im Freien", erzählte er. Seine Stimme verlor sich im Rauschen des Flusses.

Golo nahm wunder, wie sich das Wasser den Weg durch die Felsen gebahnt hatte. Es stürzte über mannsgroße Felsbrocken. Auf einer Platte am Ufer schmückte eine Frau ein Lesepult mit Blumen. „Hast du etwas zum Lesen dabei? Das geschmückte Pult macht viel mehr Freude, wenn sich jemand davorstellt und liest."

Golo klaubte sein Notizbuch hervor. „Ich könnte eine Notiz lesen."

Sie richtete eine Blume auf. „Mir gefallen Notizen. Tag und Nacht könnte ich zuhören."

Ein Mann gesellte sich dazu. „Mein größter Wunsch ist es, an einem Lesepult zu lesen."

- „Hast du etwas zum Lesen mitgebracht?" wollte sie wissen.

Er nahm ein Buch aus der Tasche. „Es handelt von einem Mann, der weiße Sandalen anfertigt. Der Text beginnt damit, dass jemand barfuß auf ihn zukommt." Nach dieser Einleitung schlug er das Buch auf.

Die Frau fragte Golo: „Willst du die Geschichte auch hören?"

Er steckte sein Notizbuch ein. „Ist es schlimm, wenn ich den Anfang verpasse? Ich möchte zuerst noch etwas Musik hören."

- „Überhaupt nicht", versicherte der Mann, „der Text ist so aufgebaut, dass jede Passage für sich spricht. Du kannst dich jederzeit ein- oder ausklinken."

Die Frau setzte sich auf die Felsenplatte. „Diese Art Freiheit sagt mir zu."

Der Mann fuhr sich mit der Zunge über die Lippen. „Also", eröffnete er, „die Geschichte beginnt mit dem Maßnehmen. Der Mann misst den Fuß und bekommt sofort eine Vorstellung, wie die Sandale aussehen muss."

Golo entfernte sich unauffällig. In der Tiefe der Schlucht gurgelte und brauste das Wasser. Das Echo klang von den Wänden. 6 Meter hoch ragte eine Felsennase mit begehbaren Nasenlöchern aus dem Kiesbett. Eine Frau trat aus einem Nasenloch hervor. „Ich könnte stundenlang in der Nase sitzen. Steigst du mit mir hinein? Hast du Lust?"

Bevor Golo eine Antwort fand, war ein Mann zur Stelle. „Felsnasen machen mir Vergnügen. Ich würde am liebsten hineinschlüpfen und nie mehr herauskommen."

- „Ja dann", sagte die Frau, „lass uns hineingehen." Unter dem Nasenloch hielt sie inne, winkte Golo. „Auch 3 Menschen finden bequem Platz. Die Nase ist geräumig."

Golo entgegnete: „Die Nase hat mich auf den Gedanken gebracht, es könnten vielleicht noch andere Organe in Felsengestalt anzutreffen sein. Das würde ich gerne erkunden."

- „Verweile nicht zu lange", bat sie, „wir warten auf dich."

- „Lieber nicht", erwiderte er, „es könnte sein, dass ich irgendwo aufgehalten werde."

Der Mann guckte aus dem Nasenloch. „Das ist nicht weiter schlimm. So geht es allen in der Schlucht."

Golo setzte seinen Erkundungsgang fort. Ein Rehkitz stand allein am Fluss. Er blieb stehen, schaute sich nach der Rehmutter um. Reglos verharrte er, um das Kitz nicht zu erschrecken. Da tauchte die Rehmutter auf. Das Kitz folgte ihr. Golo wartete, bis die Tiere um einen Felsen herum entschwanden. Dann ging er weiter, bis er zu einem Weg kam, der über Serpentinen aus der Schlucht stieg. Auf einer Wiesenterrasse tummelten sich Küken. Als sie auf ihn aufmerksam wurden, liefen sie herbei, zuckelten im Gänsemarsch hinter ihm her. „So geht das aber nicht", sagte er zu ihnen, „ihr solltet vor Ort bleiben."

Eine Frau kam lachend herbei. „Laufen sie dir nach?"

Golo gestand: „Jetzt bin ich richtig froh, dass du eintriffst. Ich möchte ja nicht, dass die Küken die Terrasse verlassen."

- „Es ist einfach", erklärte sie, „du musst nur lange genug stehen bleiben, dann tummeln sie sich von selber."

Ein Mann trat heran. „Soll ich dich ablösen?"

„Das wäre mir willkommen", sagte Golo, „ich bin zu einem kleinen Hauskonzert eingeladen."

Der Mann bückte sich, lockte die Küken an, ging ein paar Schritte voran, bis sie ihm nachliefen. „Es klappt."

Die Frau empfahl Golo: „Nutze den Moment! Sonst hängen sich die Küken wieder dir an."

Er entfernte sich von der Terrasse, durchquerte einen Wiesenhang, wo neugierige Schäfchen herbeigelaufen kamen. Sofort blieb er stehen. Das fiel einer Frau auf. Sie erkundigte sich: „Was hast du?"

Er verriet ihr seinen Plan. „Ich möchte vermeiden, dass mir die Schäfchen nachlaufen."

- „Das wird schon nicht passieren", versicherte sie, „die Schäfchen kennen mich und würden sich nie allzu weit entfernen."

Golo ging ein paar Schritte weiter. „Das beruhigt mich."

Allerdings verhielten sich die Schäfchen anders, als die Frau gemeint hatte. Wie ein Rudel Welpen hefteten sie sich an Golos Fersen. Der Anblick erheiterte die Frau. „Etwas scheint sie magisch anzuziehen."

Ein Mann stieß hinzu, fragte heiter: „Was machst du für einen Umzug?"

- „Eigentlich habe ich das nicht vor", entgegnete Golo, „die Schäfchen dagegen schon."

Der Mann hatte eine Idee. „Manchmal scharen sie sich um mich, wenn ich mich ins Gras setze."

- „Das könntest du versuchen", riet die Frau.

Der Mann setzte sich im Schneidersitz. Flugs wandten sich die Schäfchen von Golo ab, rannten zum Mann. Golo tippte an die Hutkrempe, fand einen Weg, der aus dem Wiesenhang führte. Er hörte Vögel singen und Grillen zirpen. Eine Frau trug eine hermelinweiße Jacke mit Teddyfleece unter dem Arm. „Möchtest du wie ein Schaf aussehen?"

- „Wie ein Schaf?" fragte Golo zurück, weil ihm nicht sogleich die Antwort einfiel.

Ein Mann hüpfte in vielen kleinen Sprüngen. „Seit vielen Jahren beschäftigt mich die Frage: Wie könnte ich mich kleiden, dass ich einem Schaf gleiche?"

Die Frau reichte ihm die Jacke. „Versuche es damit."

Er schlüpfte hinein, zog den Reißverschluss hoch. „Diese Jacke passt zu mir."

Sie berührte seine Schulter. „Ich finde überhaupt, dass wir zusammenpassen."

Seine Augen hafteten an ihrem Gesicht. „Nicht weit von hier ist ein Platz. Dort könnten wir ein Hüpfspiel machen."

- „Ich bin sofort dabei", begeisterte sich die Frau. Mit drolligem Augenklimpern zwinkerte sie Golo zu. „Und du?"

- „Ein kleines Konzert wartet auf mich", erwiderte er.

„Nun", sagte der Mann, „wenn es klein ist, bleibt dir hinterher ein Riesenbogen Zeit. Weißt du auch, wie du ihn verbringst?" Er gab die Antwort gleich selber: „Mit uns beim Hüpfen." Die Frau steuerte mit ihm den Platz an, während Golo zunächst nichts anderes einfiel, als ihnen nachzuschauen.

Er lenkte seine Schritte zu einem nahegelegenen Waldstück, genoss das Wechselspiel von Licht und Schatten.

Eine Frau huschte durchs Gehölz. Sie trug eine Kappe mit Rehohren. „Wollen wir tauschen?" Sie nahm die Kappe ab. „Du gibst mir deinen Hut und bekommst die Kappe."

- „Gibt es eine Besonderheit, auf die ich achten müsste, wenn ich eine Rehkappe trage?" erkundigte er sich.

Sie spielte mit einem Ohr. „Zerbrich dir nicht den Kopf! Die Losung heißt: Einfach anziehen und sich wie ein Reh fühlen."

Ein Mann kletterte barfuß durch die Bäume. „Ich habe ziemlich lange Eichhörnchen gespielt. Eine Abwechslung würde nichts schaden."

Sie setzte ihm die Rehkappe auf. „Wie wäre es damit?"

Er trippelte um den mächtigen Stamm einer Eiche herum.

„Sie gibt mir ein neues Lebensgefühl."

Sie wandte sich an Golo. „Du hast einen Hut an." Ihr Blick wanderte zum Mann. „Du trägst meine Kappe. Nur ich habe nichts auf dem Kopf."

Er sprang wie ein Reh über einen Wurzelstrang. „Da weiß ich rasche Abhilfe. Bei mir zuhause hängt eine Baskenmütze an der Garderobe. Sie könnte dir stehen."

- „Ist gut", sagte sie, „dann kommen wir zu dir."

Er trabte voran, sie folgte, blickte über die Schulter zurück zu Golo. „Wir bleiben doch zusammen."

Das Rotauge

Über die grünen Blätterdächer des Waldes schweifte Golos Blick und blieb am See kleben. Wolken spiegelten sich in der glatten Oberfläche. Aus dem ufernahen Gehölz tappte ein Igel. Er hielt eine Kamera in den Vorderpfoten, fragte: „Darf ich ein Foto von dir schießen?"
- „Wozu brauchst du das Bild?" erkundigte sich Golo.
„Ich führe ein Fototagebuch", erklärte er, „Menschen mit deinem Aussehen sind selten. Darum würde ich dich gerne aufnehmen."
Eine Frau kam auf leisen Sohlen. „Noch nie hat mich ein Igel fotografiert."
Der Igel schwenkte die Kamera zu ihr. „Ich mache gerne eine Aufnahme von dir."
Sie stellte sich neben Golo. „Es würde mich freuen, wenn ich nicht allein auf dem Bild bin."
Der Igel schaute auf den Kamerabildschirm. „Ihr seid ein schönes Paar."
Ein Mann lief in hurtigen Sprüngen herbei. „Ich bin sehr froh, euch zu treffen."
- „Möchtest du auch aufs Bild?" fragte der Igel.
Er lachte breit. „Ich liebe Gruppenbilder."
„Dann stelle dich dazu", forderte ihn der Igel auf, spähte. „Ihr seid alle im Bild." Er zeigte ihnen die Aufnahme auf dem Bildschirm. „Seid ihr zufrieden?"
Die Frau machte einen Luftsprung. „Überaus! Das Bild ist

gelungen."

- „Wir haben einen Grund zu feiern", fügte der Mann bei, „ich lade euch ein."

- „Was gibt es bei dir zuhause?" wollte die Frau wissen.

Er eilte voraus. „Ich zeige euch mein Fotoalbum."

- „Mach langsam", bat der Igel, „mit der Kamera kann ich nicht so schnell laufen."

- „Wir haben auch viel Zeit", fand die Frau und schenkte Golo einen fragenden Blick. „Oder hast du etwas anderes vor?"

Er trat ans Wasser. „Ich möchte zuerst das Ufer erkunden. Dann folge ich nach."

Der Igel bot ihm die Kamera an. „Willst du ein paar Bilder schießen?"

Golo hob abwehrend die Hände. „Vielleicht später! Ich möchte alles mit den eigenen Augen und Ohren aufnehmen."

Der Igel empfahl: „Vergiss die Nase nicht!"

Golo schnupperte, schaute sich um. Die feinen Nuancen von Licht, Luft und Atmosphäre behagten ihm. Er sah auf einer Felsenplatte ein Eichhörnchen, das mit einer Maus spielte. Sie rollten eine Haselnuss hin und her.

„Unser Fußballspiel erfordert einiges Geschick", berichtete das Eichhörnchen.

„Die Nuss darf nämlich nie vom Felsen fallen", ergänzte die Maus.

Das Eichhörnchen stellte sich auf die Hinterbeine. „Willst du auch mitspielen?"

- „Ich schaue lieber zu", sagte er, „ihr macht schöne Bewegungen. Es sieht wie ein Tanz aus."

Nach einer Weile zog er sich unauffällig zurück. Am Strand wuchs ein riesiger Nussbaum. Eine Frau pflückte ein Blatt, zerrieb es. „Rieche einmal. Es verbreitet einen aromatischen Duft."

Golo beugte sich vor, atmete ein. „Dieser Duft gefällt mir sehr. Ohne dich wäre ich gar nicht auf die Idee gekommen, das Blatt zu zerreiben."

Sie spielte mit einer Strähne. „Willst du an meinem Haar riechen? Ich verwende ein Walnussshampoo."

Golo richtete sich auf. „Das habe ich gar nicht gewusst, dass man aus Nüssen ein Shampoo herstellen kann."

Ein Mann marschierte mit baumlangen Schritten. „Ich weiß alles über Shampoos und lebe auf, wenn ich an gepflegten Haaren riechen darf."

Die Frau neigte den Kopf. „Keine Haare riechen so gut wie meine."

Er steckte die Nase in ihr Haar, schloss die Augen. „Irgendwann will ich mit dir Tennis spielen."

Sie lachte. „Warum irgendwann? Ich würde am liebsten jetzt gleich spielen."

Er rieb sich die Hände. „Ich kenne einen Tennisplatz. Der Weg dorthin ist kurz."

- „Worauf warten wir noch?" fragte sie begeistert.

Er wandte sich zum Gehen. „Wir sind schon unterwegs."

Sie hüpfte ein paar Schritte, bemerkte, dass Golo unter dem Nussbaum blieb. „Wir spielen zu dritt. Es braucht dich."

Er lehnte gegen den Stamm. „Ich gehe ein Fotoalbum anschauen. Etwas später komme ich nach."

- „In der Zwischenzeit wärmen wir uns auf", schlug der

Mann vor.

Pastellfarbene Lichter und verschattete Farben belebten den Raum unter der Krone des Nussbaums. Eine Giraffe trabte auf ihn zu, beugte den Hals, um ihm ins Gesicht zu sehen, fragte: „Bin ich schwierig zu zeichnen?"

Golo betrachtete sie. „Es kommt auf die Art der Zeichnung an."

Eine Frau näherte sich in trippelnden Tanzschritten. Sie brachte einen Block Zeichnungspapier. „Mein Papier kommt jedem Stift, jeder Kreide entgegen."

Die Giraffe streckte ihren Hals. „Jedes Papier hat andere Eigenschaften."

Ein Mann passierte gemessenen Schrittes. Er trug eine Schachtel mit Farbstiften. „Habt ihr einen Malblock?"

Die Frau hielt ihn hoch. „Möchtest du die Giraffe zeichnen?"

Er öffnete die Schachtel, zeigte seine Stifte. „Lieber stelle ich meine Stifte zur Verfügung und schaue zu, wie jemand malt."

Die Giraffe wandte sich an die Frau. „In welcher Art würdest du mich zeichnen?"

Sie gab den Block Golo. „Auch mir macht das Zuschauen viel mehr Spaß. So lerne ich eine Menge."

Er setzte sich auf eine weit herausragende Wurzel. Der Mann legte die Schachtel neben ihn hin. „Dabei interessiert mich vor allem die Frage: Wie fängst du an?"

Golo nahm einen Stift. „Bevor ich beginne, schaue ich die Giraffe genau an."

Sie reckte den Hals, stellte einen Vorderfuß leicht vor. „Ich bin gerne angesehen."

In wenigen Zügen entwarf er die Zeichnung der Giraffe.

Sie schaute ihm über die Schulter. „Ich erkenne mich."

Die Frau blickte das Bild an. „Ich denke, dass Giraffenbraun die schönste Farbe ist."

Der Mann blickte sich um. „Wo können wir das Bild aufhängen?"

- „Es sollte nicht zu tief hängen", wünschte die Giraffe, „damit ich mich beim Betrachten nicht bücken muss."

- „Auf dem Berg steht ein Aussichtsturm", fiel der Frau ein, „dort könnten wir das Bild aufhängen." Sie nahm Golo den Block ab. „Du kannst uns die Stelle zeigen, wo es am besten zur Geltung kommt."

Er stand auf. „Ich würde lieber noch ein bisschen am Seeufer verweilen. Das Licht bezaubert mich."

Der Mann kümmerte sich um die Farbstifte. „Es eilt durchaus nicht."

- „Wir gehen voraus", schlug die Giraffe vor. Mit ihren langen Beinen stakste sie in Richtung des Berges, blickte zu Golo zurück. „Du kommst später nach."

Die Frau und der Mann folgten ihr.

Golo entdeckte einen Uferweg. Das Licht glitzerte auf dem Wasser.

Eine Frau schlenderte den Strand entlang. Sie hatte ein Ei in der Hand. „Darf ich es dir schenken?"

- „Ist so ein Ei nicht sehr zerbrechlich?" fragte er zurück.

Ein Mann schwang sich mit gefederten Schuhen bei jedem Schritt in die Lüfte auf. Er brachte eine leere Eierschachtel. „In meinem Karton ist das Ei geschützt."

Die Frau legte es hinein. „Schützen allein genügt nicht. Ihr müsst etwas mit dem Ei anfangen."

Er hatte eine Idee. „Ich koche es hart, schneide es in 3 Teile. Dann können wir es gemeinsam essen."

- „Hast du einen Solarkocher?" wollte sie wissen.

„Immer einsatzbereit steht er vor meinem Haus", antwortete er und wies mit der Hand zum Südhang.

„Da gehen wir hin", beschloss sie.

Er hüpfte mit seinen Luftsprüngen voraus. Bevor sie ihm nachging, vergewisserte sie sich: „Du bist doch auch dabei?"

Golo fiel das Fotoalbum ein. „Das möchte ich noch ansehen gehen."

„Sollen wir mit dem Kochen auf dich warten?"

„Lieber nicht", bat er, „beginnt einfach mit dem Essen, wenn das Ei gekocht ist."

- „Schaust du später vorbei?" fragte sie, „ich meine, wir haben uns doch kennengelernt und es wäre schade, das Wiedersehen dem Zufall zu überlassen."

- „Hierin hast du recht", sagte er nachdenklich.

Sie lief dem Mann nach. „Mache eins nach dem anderen. Dann kriegst du alles auf die Reihe."

Golo guckte sich am Ufer um. Die Blätter der Bäume leuchteten, warfen Lichtspiele aufs Wasser. Die Reflexe betrachtend, geriet er vor ein Steinhaus ohne Türen und Fenster. Neugierig ging er darum herum. Er entdeckte auch keine Spur einer zugemauerten Öffnung.

Als er achselzuckend weitergehen wollte, drang eine Frau durch die Wand, mühelos, als würde sie durch eine Nebelwand stoßen. „Gehe nicht vorbei", bat sie, „ich empfange gerne Gäste."

- „Wir könnten uns ja auch vor deinem Haus unterhalten", schlug er vor.

Ihre Hand fuhr mit einer sanften Bewegung seinen Rücken abwärts. „Meinst du, du könntest nicht durch die Wand gehen?"

Ein Mann sputete sich. „Ich bin bereit."

Sie drehte den Kopf. „Wozu bist du bereit?"

Er legte die Hand auf die Fassade. „Ich gehe durch die Wand."

- „Sei so gut", bat sie ihn, „mein Haus steht dir offen."

Golo staunte. „Mir kommt es zugemauert vor."

Der Mann machte einen Schritt, verschwand in der Wand. „Jeder Mensch erlebt die Welt eben ein wenig anders."

Die Frau sah Golo freundlich an. „Jetzt bist du an der Reihe."

Golo tastete die Natursteinmauer ab. „Die Steine fühlen sich hart und undurchdringbar an."

- „So sind Steine eben", sagte sie und ging durch die Wand.

Golo untersuchte die Fassade, lehnte dagegen. Sie fühlte sich hart an, gab nicht nach.

Hinter ihm erklang die Stimme einer Frau. „Beobachtest du Eidechsen?"

Er drehte sich um. „Ich untersuche die Wand. Eine Frau und ein Mann sind hindurchgegangen. Ich weiß nicht, wie sie es schafften."

- „Kümmere dich nicht um Menschen, die davonspringen", riet sie, „es gibt in der Bucht viele Lebewesen zu beobachten.

- „Woran denkst du?" fragte er.

Sie führte ihn in die Bucht, zeigte ihm eine Seeforelle, die dicht unter der Wasseroberfläche schwamm. „Sie betrachtet dich, während du sie ansiehst."

Die Forelle tauchte weg. Die Frau machte Golo auf einen Egli aufmerksam. „Auch ihn nimmt wunder, ob du ihn anschaust."

Auf dem Uferfelsen kniend, entdeckte sie ein Rotauge. Seine Iris leuchtete mohnrot. Sie schwärmte. „In der Natur gibt es wunderbare Farben. Ich kann mich nicht sattsehen."

Ein Mann stieg auf die Felsenplatte. „Wisst ihr was", sagte er, „zuhause habe ich Taucherbrillen und Schnorchel. Unter Wasser gibt es noch viel mehr zu entdecken. Wollt ihr so lange ausharren, bis ich mit der Ausrüstung zurück bin?"

Die Augen der Frau glänzten. „Wir begleiten dich." Sie blickte Golo direkt ins Gesicht. „Oder wollen wir am Seeufer warten?"

- „Es gibt da noch ein Fotoalbum, das mir jemand zeigen wollte", erwiderte er.

Der schwebende Stein

Durch die Berglandschaft zog sich ein Tal. Es schimmerte in einem Grünton, als habe es jemand mit Moos ausgelegt. Golo guckte sich um. Eine Frau stellte sich neben ihn. Sie brachte ein Hüpfseil. „Wie steht es um deine Beweglichkeit?"

Er hob die Brauen. „Ich spaziere gerne, blicke rundum und sehe mir die Landschaft an."

- „Möchtest du das Seilspringen lernen?" fragte sie weiter. Ein Mann steigerte das Tempo seiner Schritte. „Ich übe das Seilspringen jeden Tag und kann es gerne zeigen."

Sie reichte ihm das Seil. „Das ist eine gute Idee. Wir lernen am besten durchs Zuschauen und Nachahmen."

Er begann zu hüpfen und merkte an, worauf er achtete: „Ich halte die Arme dicht am Körper." Er zeigte es gleich vor.

Die Frau lobte ihn. „Du hüpfst locker wie ein Ping Pong Ball."

Er beschleunigte das Tempo. „Ich kann auch auf einem Bein hüpfen oder den Fuß wechseln."

- „Du bist ein richtiger Springkünstler", anerkannte sie.

Er machte auf folgenden Punkt aufmerksam: „Ich schwinge das Seil aus dem Handgelenk."

Ihr fiel ein: „Zuhause habe ich einen Hoola Hoop Reifen. Damit könnten wir das Training intensivieren."

Er war begeistert. „Wo steht dein Haus?"

Sie wies auf einen Seitenweg. „Wenn wir ihm folgen, stehen wir in wenigen Minuten vor meiner Tür."

In weiten Seilsprüngen jagte er in die angezeigte Richtung. „Das Seilspringen beim Laufen erfordert eine hohe Konzentration."

Die Frau wandte sich an Golo. „Wir können auch ruhig gehen. Jede unverkrampfte Bewegung ist gesund."

Er blieb stehen. „Ich möchte mich zunächst im Tal umsehen. Wenn es dir nichts ausmacht, komme ich ein bisschen später nach. Ich finde den Reifen spannend."

- „Es ist eine Art Tanz, den ich dir beibringen kann", versprach sie und lief den Seitenweg hoch.

Er schaute ihr nach. „Darauf freue ich mich." Dann setzte er unentwegt Fuß vor Fuß, atmete den Duft der Wilden Heckenrose.

Eine Frau steuerte zielstrebig auf ihn zu. Sie hatte in der Hand einen Apfelkern und eine Haselnuss. „Soll ich den Kern oder die Nuss pflanzen?"

Golo kreiste mit dem Zeigefinger um die Daumenspitze. „Mir gefallen sowohl der Apfelbaum als auch der Haselnussstrauch."

- „Ist gut", erwiderte sie, „dann lasse ich beide keimen."

Am Wegesrand bohrte sie mit dem Finger ein kleines Pflanzloch, ließ den Apfelkern ein, bedeckte ihn mit Erde und drückte sie leicht an. „Ich pflanze gerne vor Zuschauern."

Golo strich sich über den Ellbogen. „Ich liebe das Zuschauen. So macht das Pflanzen doppelten Spaß."

Auf der anderen Seite des Weges stach sie ein kleines Loch für die Haselnuss in die Erde. „Findest du meinen

Finger hübsch?"

Er beugte sich vor, um ihn näher zu betrachten. „Jeder Mensch hat andere Finger. So gibt es immer etwas zum Anschauen."

Ein Mann streifte durch das Tal. Er trug eine Gießkanne. „Ich würde sie gerne füllen. Wo finde ich einen Brunnen?" Sie schlug vor. „Wir könnten zusammen zum Bach gehen." - „Das bereitet mir Freude", sagte er, „zusammen gehe ich viel beschwingter als allein."

- „Unterwegs planen wir, was alles zu pflanzen wäre", schlug sie vor. Mit dem Finger winkte sie Golo. „Komm mit! Du gehörst auch dazu."

- „Mich nimmt wunder, wo der Weg hinführt", entgegnete er, „vielleicht sehen wir uns wieder, wenn ihr den Apfelkern und die Nuss gießt."

- „Das ist gut möglich", räumte sie ein.

Golo folgte dem Weg, der auf halber Höhe über dem Talgrund den Hang querte. Die Wiese leuchtete sattgrün.

Eine Frau verlangsamte ihre Schritte. Sie trug einen Cellokoffer. „Kannst du Cello spielen?"

Golo fuhr sich mit der Hand übers Gesäß. „Ich spiele Gitarre, Klavier, Mundharmonika, Flöte, Trommel und Schlagzeug."

Sie lachte. „Jeder Mensch kann Cello spielen. Du kannst die Saiten zupfen, mit dem Bogen darüberstreichen, mit dem Finger auf die Decke trommeln oder klopfen. Außerdem könntest du ins Schallloch singen oder summen."

- „Das sind erstaunlich viele Möglichkeiten", gab Golo zu, „daran hatte ich gar nicht gedacht."

Ein Mann winkte schon von weitem zur Begrüßung. „Ich

145

liebe das Cellospielen. Darf ich euch das Stück ‚Der Schwan' von Camille Saint-Saëns vortragen?"

- „Wir bitten dich darum", sagte die Frau, wollte den Koffer öffnen.

„Moment!" rief er, „ich habe die Noten daheim. Auswendig habe ich den Song noch nie gespielt."

Sie schloss den Koffer. „Wir kommen mit dir."

Er schlug den Bergweg ein. „Mein Haus liegt nur einen Katzensprung von hier entfernt."

Die Frau reckte den Hals, fasste Golo ins Auge. „Wie steht es mit dir? Möchtest du den Cellosong auch hören?"

Golo neigte den Kopf. „Jemand möchte mir zeigen, was ich mit dem Hoola Hoop Reifen machen kann. Sobald ich das gelernt habe, könnte ich nachkommen."

- „Der Cellosong dauert nicht so lange", gab der Mann zu bedenken.

Auf ihren Lippen lag ein Lächeln. „Vielleicht spielst du noch andere Stücke."

Er war begeistert. „Das mache ich sehr gerne. Wenn ich einmal angefangen habe, mag ich gar nicht mehr aufhören."

Golo guckte ihnen nach, bis sie seinen Blicken entschwunden waren, setzte dann den Weg fort.

Am Wegesrand stand ein Zelt. Eine Frau schlug die Plane zurück. „Ich habe ein Lesezelt eingerichtet. Darin kannst du auf dem Bauch liegen und ein Buch lesen."

Golo strich sich mit der Hand über den Mund. „Könnte ich auch auf dem Rücken liegen?"

- „Warum nicht", meinte sie, „Hauptsache, du liegst so bequem, dass du dich ausschließlich dem Lesen widmen kannst."

Ein Mann bewegte sich aufs Zelt zu. „Hoffentlich hast du ein Lesezelt aufgestellt."

Sie fuhr sich über die Nase. „Du hast es erraten! Wenn es darum geht, Menschen fürs Lesen zu begeistern, scheue ich keine Mühe."

- „Das sehe ich", anerkannte er, „Lesen ist meine Lieblingsbeschäftigung."

Sie wies mit der Hand auf die Zeltöffnung. „Dann lass keine Minute ungenutzt verstreichen. Geh hinein!"

Er legte sich ins Zelt. „Da warten ganze Bücherberge auf mich."

Ihr Blick schweifte zu Golo. „Sie warten nicht nur auf ihn. Du bist auch eingeladen."

Er dankte. „Bücher sind geduldig. Sicher mögen sie etwas länger warten. Ich habe nämlich die Gelegenheit, das Schwingen mit einem Reifen zu üben."

- „Mache das zuerst", empfahl sie, „bestimmt steigert die gymnastische Übung deine Aufmerksamkeit."

Golo entfernte sich. Er hörte die Bienen summen, die Vögel zwitschern.

Eine Frau zeigte sich. Sie hatte einen Rosenquarz in der Hand. Er hatte ungefähr die Größe einer Mandel. „Darf ich dir den Stein schenken? Er sorgt für guten Schlaf."

Golo umfasste mit der rechten Hand den linken Oberarm. „Im Moment schlafe ich wie eine Katze."

Ein Mann langte an. „Ich würde am liebsten gleich die Wirkung erproben."

Sie tippte mit dem Stein auf seinen Ringfinger. „Möchtest du hier im Gras schlafen oder bei mir zuhause im Bett?"

- „Das Gras piekst. Ich ziehe das Bett vor", entschied er schnell.

- „Ist gut", lobte sie, „mein Haus steht dir offen."

Er sah Golo prüfend an. „Habe ich mich vorgedrängt?"

- „Das habe ich nicht so erlebt", beruhigte ihn Golo.

Der Mann atmete auf. „Dann bin ich froh. Ich habe nämlich etwas Mühe, mich zurückzuhalten. Da kann es leicht passieren, dass sich Menschen überrumpelt fühlen."

- „Wenn ich dabei bin", betonte die Frau, „kommen alle zu ihrer Sache."

Sie wandte sich an Golo. „In meiner Steinsammlung finden wir bestimmt den Stein, den du schon lange vermisst hast. Bloß wusstest du es nicht."

Golo schob eine Strähne über die Schläfe. „Steine interessieren mich. Allerdings habe ich mir angewöhnt, eins ums andere anzugehen."

- „Schau einfach bei der nächsten Gelegenheit bei mir herein", erwiderte sie, „es gibt immer einen Stein, der dir in deinem bisherigen Leben gefehlt hat."

Sie strebte mit dem Mann ihrem Haus zu, das sich zwischen der Wiese und einem kleinen Waldstück befand.

Golo setzte die Erforschung des Tals fort. In allen Farben leuchtete das Blumenmeer unter dem floridablauen Himmel. Mitten in der Wiese stand eine Orgel mit riesigen Pfeifen, die in der Sonne blitzten. Eine Frau pries das Instrument in den höchsten Tönen: „Die Orgel hat 55 Register, 3 Manuale und Pedal."

Golo fasste sich um die Taille. „Sie ist in ihrer Art bestimmt einzigartig", vermutete er.

- „Das ist sie", bestätigte die Frau, „sie erreicht die Herzen der Menschen. Ich habe auch gleich einen Musikwunsch: Kannst du die Toccata in d-Moll von Johann Sebastian Bach spielen?"

Ein Mann bewegte sich im Laufschritt. „Orgelspielen gehört zu den schönsten Aktivitäten."

Sie schob den Unterkiefer vor. „Fühlst du auch die Menschen, die zuhören?"

Er setzte sich auf die Orgelbank. „Bevor ich die erste Taste drücke, spüre ich die Luft, die wir alle atmen und die sich bald mit Klang erfüllen wird."

Sogleich spielte er das Präludium. „Die Toccata hat etwas Magisches."

Sie blickte Golo von der Seite an. „Hoffentlich verstimmt es dich nicht, dass er dir den Platz auf der Orgelbank weggeschnappt hat."

Golo entgegnete: „Das hat er gewiss nicht. Ich bin eben unterwegs, und es freut mich, dass der Orgelklang meine Schritte begleitet."

Schnell zog er sich zurück und ging weiter.

Tiefblau blühte ein Eisenhut. Auf einem erhöhten Punkt stand ein Felsbrocken. Darauf saß eine Frau, blickte auf Golo herab. „Was meinst du? Kannst du diesen Stein bewegen?"

Er lehnte dagegen. „Er steht gut in der Landschaft, als hätte ihn ein Riese zu seinem Vergnügen aufgestellt."

Sie reichte ihm die Hand. „Setze dich zu mir."

Ein Mann durchmaß die Wiese mit forschem Schritt. „Ich bin schon lange nicht mehr auf einem Stein gesessen."

- „Dann brauchst du den Vortritt", schätzte sie.

Er kletterte auf den Stein. „Ich möchte mich nicht vordrängen, aber die Gelegenheit ist zu verlockend."

- „Es haben auch 3 Menschen Platz", sagte sie, warf Golo einen aufmunternden Blick zu.

- „Was hast du vor?" fragte er.

Sie hob die Arme. „Allein einen Stein zu bewegen macht Spaß, zu zweit bewegen noch viel mehr."

Wie eine fliegende Untertasse hob der Stein ab, schwebte mit der Frau und dem Mann davon.

Der Löwe unter der Föhre

Die Bäume und Sträucher wuchsen zu einem dschungel-
grünen Vorhang zusammen. Golo kehrte auf den kleinen
Waldpfad zurück. Eine Frau drang durchs Gebüsch. „Bewegst du dich gerne an den verstecktesten Ecken dieses
Planeten?" fragte sie fröhlich.
Golo hob das Bein, fuhr sich über die Wade. „Ich finde,
dass man die Welt am besten zu Fuß erkundet."
- „Erkunden ist schon recht", räumte sie ein, „doch wie
wäre es, wenn du eine Spur hinterlassen würdest?"
- „Das geschieht von alleine", sagte er, „im Sand drücke ich
meinen Fuß ein. Eine Heckenrose am Wegesrand ergattert
vielleicht einen Faden von mir."
Sie lachte. „Ich meine etwas Bleibendes, das an dich er-
innert, alle sofort ausrufen lässt: Er war hier!"
Ein Mann kam mit einem Farbkübel und Pinsel. „Ich würde
eher sagen: Hier bin ich."
Sie zeigte beim Lachen ihre blitzenden Zähne. „Darf ich
dich um einen Gefallen bitten?"
- „Das versteht sich von selber", antwortete er.
Sie ermunterte ihn mit einem Augenaufschlag. „Trägst du
die Farbe zum Felsen?"
- „Für dich", schmeichelte er, „würde ich sie einmal um den
Globus tragen."
Beschwingt ging er voran, schwenkte den Kübel, jedoch
nie so heftig, dass die Farbe überschwappte. Die Frau

und Golo folgten ihm. Beim Felsen stellte er den Kübel ab. „Sagt ihr mir, was ihr vorhabt? Ich platze schier vor Neugier."

Sie fuhr Golo mit der Hand über den Rücken. „Male eine riesige blaue Ranke an den Felsen."

- „Mit Blättern?" erkundigte sich Golo.

„Mit Blättern, Blüten oder Ästchen", ergänzte sie, „das überlasse ich ganz deiner Fantasie."

Der Mann reichte ihm den Pinsel. „Ich nutze jede Gelegenheit, Pinsel zu verschenken."

- „Wieso machst du das?" wollte Golo wissen.

Er zog die Achseln hoch, ließ sie fallen. „Ich schaue ungeheuer gerne beim Malen zu."

Golo malte eine Wellenlinie über den Felsen, verzierte sie mit Blättern. „Hast du dir die Ranke so vorgestellt?"

Die Frau nahm ihm den Pinsel ab, gab ihn dem Mann zurück. „So schwebte sie mir vor."

Sie setzte sich. „Nehmt doch Platz! Jetzt betrachten wir die Ranke in aller Ruhe." Der Mann wählte einen Wurzelstrang als Sitz aus. „Ich bin rechtschaffen müde vom Zuschauen."

Golo strahlte über beide Backen. „Es freut mich, dass sie euch gefällt. Ich werde mir ein wenig die Füße vertreten. So lange stehe ich selten an einem Fleck."

Er suchte den Pfad wieder auf, drang tiefer in den Wald. Die Sonne leuchtete durch hohe Tannen.

Eine Frau durchquerte den Wald mit festem Schritt. „Möchtest du ein identitätsstiftendes Trikot?"

Golo umfasste den Ellbogen des Gegenarms. „Was darf ich mir darunter vorstellen?"

Sie nahm das Trikot aus der Tasche, legte es auf einen

Felsbrocken. Vorn prangte die Aufschrift „Versuche dein Glück im Wald".

Langsam las er die Worte, ließ sie auf sich wirken. „Zu wem spricht das Trikot?"

Ein Mann eilte im Laufschritt herbei. „Es spricht zu mir", sagte er atemlos.

- „Bist du zu schnell gerannt?" fragte sie besorgt.

Er legte die Hand auf die Brust, fühlte den Herzschlag. „Zu schnell würde ich nicht sagen. Ich bin es nämlich gewohnt, die Schritte zu beschleunigen, wenn ein Gratistrikot lockt."

- „Wir passen zusammen", entdeckte sie, „ich entwerfe Trikots. Dich ziehen sie an."

Der Mann schlüpfte hinein. „Genauer gesagt: „Ich ziehe es an."

Sie ging um ihn herum. „Es passt dir."

- „Sicher kann ich dir erst beipflichten, wenn ich mich im Spiegel sehe", erwiderte er.

Sie glitt mit der Fingerspitze über seinen Unterarm. „Zuhause habe ich einen großen Spiegel."

Er stellte einen Fuß vor den anderen. „Ich kann es kaum erwarten, mich im neuen Trikot zu sehen."

Sie tippte Golo an. „Dich erwartet jede Menge Trikots. Eines spricht dich bestimmt an."

- „Mich sprechen vor allem die Bäume an", entgegnete er, ließ sich jedoch die Lage ihres Hauses beschreiben. „Wenn ich vorbeikomme, schaue ich herein."

Der Mann belehrte ihn: „Bei den Trikots gibt es eine Regel: Greife rasch zu, sonst schnappt es dir einer vor der Nase weg."

- „Es wäre faszinierend, ein Sachbuch über Trikotjäger zu

schreiben", anerkannte Golo. Mit den letzten Worten zog er sich bereits zurück und folgte dann dem Waldpfad, hörte den Wind in den Blättern wispern. Durch die Stille wehte die Stimme eines Vogels.

Auf der Wiese am Waldrand weidete ein Schaf. Es blickte auf, als Golo zwischen den Bäumen hervorkam. „Ich kann fliegen. Darf ich dir meine Flugkunst vorführen?"

Er wiegte sich vom Fersenstand zum Zehenstand. „Das würde ich gerne sehen."

Das Schaf rannte ein paar Schritte, hob ab und flog davon. „Sei vorsichtig!" rief ihm Golo nach.

Auf dem Landsträßchen, das durchs Grasland führte, schob eine Frau einen Garderobenständer auf Rollen. Mäntel hingen an Kleiderbügeln. „Welchen möchtest du anprobieren, einen langen wolligen, einen wattierten gesteppten oder einen Teddymantel?"

- „Das ist ein freundliches Angebot", lobte Golo, „im Moment gehe ich lieber ohne Mantel."

Ein Mann traf ein. „Ich bin gelaufen, so schnell ich konnte, und habe immer noch nicht warm."

Sie wies auf den Ständer. „Dann wäre ein Mantel für dich das einzig Richtige."

- „Möchtest du mich beraten oder macht es dir nichts aus, wenn ich mir kurzentschlossen den Teddymantel greife?"

- „Ich mag zupackende Menschen", gestand sie, „sie haben etwas Verwegenes im Blick."

Er schlüpfte in den Teddymantel. „Ein Leben lang habe ich danach gesucht. Und jetzt stecke ich darin. Ich kann es noch gar nicht richtig fassen."

- „Das ist erst der Anfang", erklärte sie, „komm mit mir

in meinen Kleiderladen! Dort kann ich dich mit einer Teddymütze versehen. Sie ist gehäkelt und hat 2 Ohren."

Der Mann drehte sich um die eigene Achse. „Ich kann mich vor Glück kaum fassen."

Die Frau ermunterte Golo mit einem Lächeln: „Du bist auch eingeladen und wirst zu den Menschen gehören, die aus dem Staunen nicht mehr herauskommen."

- „Das muss ein fantastischer Laden sein", anerkannte Golo, „ich bin schon so gut wie darin. Vorher möchte ich erkunden, wohin das Landsträßchen führt, was es da zu sehen gibt."

Sie schob den Garderobenständer an. „Meine Kleider laufen nicht davon. Im Gegenteil, sie können es kaum erwarten, dich zu begeistern."

Dem Mann fiel ein. „Außerdem könnte ich neue Hosen brauchen."

- „Ich habe alles und viel mehr", versprach sie vollmundig. Golo hörte aufs Rattern der Rollen, bis es in der Ferne verklang. Die Frau und der Mann verschwanden hinter einer Biegung des Sträßchens.

In die entgegengesetzte Richtung ging Golo, gelangte in ein Wäldchen, wo ihn eine Frau fragte: „Hast du auch schon Eichhörnchen beobachtet?"

- „Ich habe mir angewöhnt, alle Lebewesen zu betrachten, an ihrem Leben Anteil zu nehmen", sagte er.

„Das trifft sich gut", erwiderte sie, „Eichhörnchen haben eine wunderbare Eigenheit: Wenn du sie beobachtest, dann beobachten sie auch dich. So geht das hin und her. Am Ende weißt du nicht mehr, wer der Beobachter oder der Beobachtete ist."

Golo schaute sich um. „Das würde ich gerne erleben."

Sie lenkte seinen Blick auf eine Buche. In der Krone saß ein Eichhörnchen, guckte auf ihn herab. Er hielt inne, verharrte im Sehen. Das Eichhörnchen lief den Stamm hinunter, sprang auf seinen Schuh, kletterte das Hosenbein hoch.

Ein Mann ging einen Schritt schneller. „Bleibe ganz ruhig", bat er, „schon immer wollte ich ein Eichhörnchen aus der Nähe fotografieren. Nun bietet sich eine fantastische Gelegenheit."

Die Frau legte einen Finger an den Mund, um ihm zu mahnen, dass er sich ruhig verhalten müsse. Er hatte das Eichhörnchen jedoch bereits erschreckt. Es lief davon, kletterte auf eine Eiche, sprang von Ast zu Ast. Der Mann bedauerte: „Das habe ich nicht gewollt."

- „Es ist nur halb so schlimm", beruhigte sie ihn, „ich weiß, wo das Eichhörnchen lebt. Du wirst schon zur Aufnahme kommen. Allerdings musst du auf deine Bewegungen achten."

Er folgte ihr ins Wäldchen, während Golo zurückblieb und ihnen nachschaute.

Das Sträßchen wand sich, führte an einer besprühten Mauer vorbei. Die Graffiti zeigten Schriftzüge und Bilder. Eine Frau grüßte ihn. Sie hielt eine Dose in der Hand. „Hast du eine Idee, was du sprayen könntest?"

Er feuchtete die Lippen mit der Zunge an. „Ein Strichmännchen würde mir gefallen."

Sie reichte ihm die Dose. „Viele träumen davon, einmal im Leben zu sprayen. Du kannst es gleich jetzt tun."

Golo entwarf mit wenigen Zügen ein Männchen. „Ich mache es aus dem Handgelenk heraus."

- „Das hast du verblüffend gut hinbekommen", lobte sie ihn.

Er gab ihr die Dose zurück. „Das Sprühen bietet sehr viele Möglichkeiten."

Ein Mann zog einen Leiterwagen. Er hatte 3 Klappstühle geladen. „Ich will mich überhaupt nicht aufdrängen. Aber wie wäre es, in aller Ruhe die Mauer zu betrachten?" Ohne auf die Antwort zu warten, klappte er gleich den ersten Stuhl auf.

Die Frau setzte sich. „Wir lassen uns kein Vergnügen entgehen."

- „Die Wand öffnet meine Augen für Farben", sagte er und stellte die übrigen Stühle auf.

Golo wandte sich zum Gehen. „Ich möchte das Landsträßchen bis an sein Ende erkunden."

- „Es hört bald auf", wusste die Frau, „dann kehrst du um und genießt mit uns die Graffiti."

Er dankte für die Einladung, spazierte das Sträßchen hinunter. Ein Löwe lag unter einer riesigen Föhre. „Sehe ich das richtig?" fragte er, „du richtest deine Aufmerksamkeit ganz auf mich aus?"

- „Du bist ein imposantes Tier", gab Golo zu, „was sollte ich sonst tun?"

Der Löwe schlug vor: „Lehne an den Stamm. Rieche am Harz. Streiche mit den Händen über die schuppige Rinde."

Golo trat näher. „Wie konnte ich die Föhre übersehen?" wunderte er sich.

Die Haselhütte

Aus großer Höhe stürzte das Wasser in 2 Kaskaden die Felsen hinab. Golo lauschte dem Wasserfall. Eine Frau stellte sich neben ihn, fragte: „Hörst du gerne Geräusche?"

Golo betonte: „Für mich klingt Musik im Wasserfall."

Sie fuhr unbeirrt fort: „Ich habe ein verblüffendes Geräusch auf Lager. So nah beim Wasserfall kann ich es leider nicht anbieten."

- „Entfernen wir uns doch ein paar Schritte", schlug Golo vor.

Ein kleiner Pfad schlängelte sich durch die Felsen. Bei der Stelle, wo sich nur noch das ferne Echo des Rauschens vernehmen ließ, zog sie einen Brief aus der Tasche. „Schließe die Augen! Höre genau hin, was jetzt geschieht!" Sie blies so ins Blatt hinein, dass es sich anhörte, als würde sie es zerreißen.

Er öffnete wieder die Augen. Sein Blick fiel auf den Brief. „Ich hätte schwören mögen, dass du ihn zerrissen hast."

Ein Mann hangelte sich von Felsbrocken zu Felsbrocken. „Ich habe schon lange keinen Brief mehr erhalten."

Sie schenkte ihm das Blatt. „Da schaffen wir Abhilfe."

Er las laut: „Ich bin total glücklich, in eurem Team zu sein."

Freudig schwenkte er das Blatt. „Sind wir ein Team?"

- „Wir sind mehr als ein Team", erwiderte sie, „wir sind ein Superteam."

- „Und was haben wir vor?" fragte er.

Sie hatte eine Idee. „Nicht weit von hier entfernt befindet sich ein Kerzenwanderweg."

Er steckte den Brief ein. „Was ist das?"

- „Mit etwas Glück treffen wir dort eine wandernde Kerze."

Er war begeistert. „Da müssen wir hin. Ich habe noch nie in meinem Leben eine wandernde Kerze gesehen."

Sie ging voran. „Gerne führe ich euch in ihre magische Welt ein."

Er heftete sich an ihre Fersen. „Da kommt Freude auf."

Mit etwas Abstand folgte Golo. „Wie viele unbekannte Wege es gibt!"

Mächtige Eichen spendeten Schatten. Auf einem schmalen Weg wanderte eine Kerze. Sie war aus Bienenwachs und hatte 2 Beine. „Zündet mich an", bat sie, „dann kann ich euch den Weg weisen."

Die Frau klaubte ein Zündholz aus der Schachtel, entfachte es. „Wir gehen dir gerne nach."

Als der Docht brannte, sagte die Kerze: „Nun habt ihr nichts weiter zu tun, als in meiner Nähe zu bleiben. Verliert mich nie aus den Augen!" Mit diesen Worten wanderte sie zu einem Höhleneingang.

Hinter ihr trat die Frau in die Höhle. „Mit deinem Licht können wir alles sehen."

Der Mann hüpfte vor Vergnügen. „Vielleicht finden wir einen verborgenen Schatz."

Golo blieb vor der Höhle stehen. Die Kerze horchte, hörte nur die Schritte von 2 Menschen. „Noch sind wir nicht alle beieinander. Wir müssen auf den dritten Menschen warten."

- „Das ist nicht nötig", rief ihr Golo zu, „ich sehe mir zunächst die Umgebung der Höhle an."

- „Ist gut", sagte die Kerze, „folge einfach der nächsten Wanderkerze, die dir begegnet. Dann sehen wir uns in der Höhle wieder."

Golo schaute sich um. In den Ritzen der Felswand wuchsen viele kleine Blumen und Moos. Ein Drache flog über die Baumwipfel, landete neben der Höhle. „Sind Gäste hineingegangen?"

- „Eine Frau, ein Mann und eine Wanderkerze", berichtete Golo.

Der Drache richtete sich auf. „Ich tu alles für meine Gäste. Weißt du, womit ich sie erfreuen könnte?"

Golo fiel ein: „Der Mann möchte auf einen verborgenen Schatz stoßen."

- „Damit kann ich dienen", jauchzte der Drache, „wenn es sein muss, hebe ich an jeder Kralle einen Schatz."

Er schlüpfte in die Höhle. „Komm mit! Du wirst staunen, was ich alles zu bieten habe."

Golo zögerte. „Ich habe die Gewohnheit, erst die Umgebung zu erkunden, bevor ich irgendwo hineingehe."

Von weit innen hallte die Stimme des Drachen. „Das verstehe ich. Lass dir Zeit! Sie ist der kostbarste Schatz."

Golo ging um einen markanten Felsenturm herum, der wie ein Schiff aussah. Ein weißes Einhorn mit einem rosa Schweif trabte heran. „Bekommst du rote Ohren, wenn du erregt bist?" fragte es.

- „Das weiß ich gar nicht", gestand er.

„Du weißt sehr wenig über dich", vermutete es.

Golo öffnete leicht die Lippen. „Wie könnte ich mehr über mich erfahren?"

- „Geh offen auf alle Lebewesen zu", riet das Einhorn, hob den Kopf und stiebte davon, bevor er weitere Fragen stellen konnte.

Er stieg auf eine kleine Anhöhe, wo eine riesige Eiche wuchs. Zwischen 2 Wurzelsträngen saß eine Frau auf einem Koffer. „Du darfst so viele Eicheln haben, wie du im Koffer davontragen kannst."

Golo reckte den Rücken gerade. „Ich habe leider keinen Koffer", bedauerte er.

Ein Mann hechelte durch den Wald, schwenkte den Koffer. „Ich bin ausgerüstet."

Sie klopfte sich auf den Schenkel. „Gibt es etwas, das du speziell gut kannst?"

- „Einpacken", sagte er, klappte den Deckel auf und schaufelte mit beiden Händen Eicheln in den Koffer.

Die Frau stand auf. „Weißt du, wie ich glücklich werde?"

Er hatte so viele Eicheln eingeladen, dass er den Deckel kaum schließen konnte. Er setzte sich auf den Koffer, drückte die Verschlussklappen. „Ich könnte nur raten, möchte jedoch nichts falsches sagen."

- „Keine Sorge", beruhigte sie ihn, „ich verrate es dir: Fülle meinen Koffer mit Eicheln. Magst du das auch noch tun?"

Er öffnete ihren Koffer. „Das fällt mir nicht allzu schwer."

Flink wie ein Eichhörnchen trug er die Eicheln zusammen, bis der Koffer randvoll war.

Sie schaute vergnügt zu. „Wer trägt ihn zu mir nach Hause?"

Er hob seinen Koffer mit der linken, ergriff ihren mit der rechten Hand. „Das kannst du getrost mir überlassen. Ich trainiere meine Muskeln täglich. Deshalb ist für mich das

Koffertragen ein Kinderspiel."

Sie lenkte ihre Schritte zum Weg, der von der Anhöhe hinunterführte. „Da unten steht mein Haus." Er trippelte mit den Koffern hinterher. „So eine kurze Strecke könnte ich sogar mit 4 Koffern zurücklegen."

- „Nur nichts übertreiben", bat sie, wandte sich nach Golo um. „Du bist selbstverständlich auch mein Gast."

Er dankte. „Ich komme etwas später nach. Die Landschaft steckt voller Überraschungen. Ich möchte einen Überblick gewinnen."

Hinter Eichen, Eschen und Kastanien schimmerte das Grün einer kleinen Wiese. Eine Frau baute das Netz fürs Federballspiel auf. „Du kannst mir helfen, wenn du magst", lud sie Golo ein. Er trat näher. „Da sind einige Schnüre. Welches ist das Spannseil?"

Ein Mann federte herbei. „Gibt es etwas aufzustellen oder zu verrichten? Ich bin sehr hilfsbereit, halte den ganzen Tag Ausschau nach Aufgaben, die ich übernehmen könnte."

Sie schmunzelte. „Es genügt, wenn du das Netz spannst."

Er fand sofort das richtige Seil, straffte es. „Wenn ihr einen Mitspieler sucht, der unermüdlich den Ball schlägt, bin ich euer Mann."

- „Sachte", mahnte sie und zog eine Dose mit Seifenwasser aus der Tasche, „wir werden mit Seifenblasen spielen."

Er schob den Unterkiefer vor. „Das habe ich noch nie gemacht. Ich fürchte, sie platzen beim ersten Schlag."

Sie pustete eine Seifenblase, beobachtete ihren Flug, nahm gelassen einen Federballschläger und tippte sie mit sanftem Schwung an. „Bestimmt kannst du das auch. Weich müssen deine Bewegungen sein."

Der Mann ergriff einen Schläger, rannte zur Seifenblase. „Ich gebe mir auf jeden Fall die allergrößte Mühe." Allerdings führte er den Schläger etwas zu zackig, worauf die Seifenblase platzte. Er raufte sich die Haare. „Wie konnte das passieren? Ich war doch achtsam wie ein Kind, das gerade erst laufen lernt."

Die Frau forderte ihn auf: „Schau mir genau zu. So lernst du am besten." Sie machte eine neue Seifenblase, berührte sie mit dem Schläger so zart, dass sie schillernd Höhe gewann. „Jetzt bist du an der Reihe."

Er stand breitbeinig, hob den Schläger, ließ die Blase heranschweben, spielte sie dann ganz ruhig an. Sie zitterte, platzte jedoch nicht, sondern stieg langsam auf. Er wischte sich den Schweiß von der Stirn. „Das hat mich mehr Mühe gekostet, als einen tonnenschweren Stein zu heben."

Sie reichte ihren Schläger Golo. „Jetzt bist du an der Reihe."

Er wartete, bis die Seifenblase die Kunststoffsaiten des Schlägers berührte, und schob sie dann mit einer kurzen, fast unsichtbaren Bewegung an. „Das bereitet ganz viel Freude", erkannte er.

Die Frau klatschte in die Hände. „Wir haben es alle geschafft. Das müssen wir feiern."

Der Mann legte den Schläger ab. „In der Nähe wächst ein Kakibaum. Wir könnten hingehen und eine Frucht essen."

Sie nahm Golo den Schläger ab. „Kaki sind etwas ganz Außergewöhnliches. Da sollten wir keinen Moment zögern."

- „Ich bin noch anderweitig eingeladen", fiel Golo ein, „vielleicht komme ich nachher zum Baum."

Der Mann fasste sich an den Bauch. „Es hat genug Früchte."
Er zeigte der Frau den Weg.

Vom Rand der kleinen Wiese führte ein Weg in ein unwirt-
liches, steppenartiges Gelände. Dort hatte eine Frau rund
zweieinhalb Meter lange Haselruten geschnitten. „Willst
du mit mir eine Hütte bauen?" fragte sie.

„Wie gehen wir vor?" erkundigte er sich.

Sie erklärte: „Wir stecken die Ruten im Kreis in den Boden."
Zur Verdeutlichung schritt sie den Kreis ab. Dann reichte
sie ihm eine Rute. „Der Boden eignet sich gut."

Er wartete, bis sie die erste eingesteckt hatte, folgte ihrem
Beispiel. „Es ist ein weicher Grund", stellte er fest.

„Ich habe dein Gesicht beobachtet", verriet sie, „das Rein-
stecken macht dir Spaß."

Er nahm eine weitere Rute zur Hand. „Für mich ist es immer wieder beeindruckend, wenn ich sehe, wie etwas
entsteht."

Sie streifte seine Hand. „Ich finde, du hast geschickte Hände."

Ein Mann kletterte die Böschung hinauf. „Was macht ihr?"
- „Wir bauen eine Hütte", antwortete sie.

Er rüttelte an einer Rute. „Ihr geht sowohl einfach als auch
geschickt vor. Auf diese Weise lässt sich im Handumdrehen
ein ganzes Hüttendorf herstellen."

Die Frau zog den Mundwinkel nach oben. „Wir bleiben
hübsch auf dem Boden, bauen erstmal eine Hütte. Dann
setzen wir uns hinein und trinken einen Tee."

Er ergriff eine Rute, steckte sie ein. „Ich bin überzeugt,
dass wir einen guten Draht zueinander finden."

Hut und Brille

Auf dem weiten Weg durchs Grasland betrachtete Golo Schnecken und Gräser. Eine lange Tafel mit zahlreichen Stühlen stand in der Wiese. Am oberen Ende saß eine Frau. „Es fehlen eigentlich nur die Gäste", bemerkte sie trocken.

Golo blickte sich um. „Wen hast du eingeladen?"

- „Niemand", erwiderte sie, „es sollte ein spontaner Anlass mit einem festlichen Essen werden."

- „Wir könnten zusammen durch die Gegend streifen und alle Menschen, die wir treffen, einladen", schlug Golo vor.

„Das ist nicht nötig", ließ sich eine Stimme vernehmen. Sie gehörte einem Mann, der mit Sprüngen durchs Gras hoppelte. Er setzte sich ans untere Ende der Tafel. „Ich bin ein Gast."

Sie zeigte beim Lachen ihre blitzenden Zähne. „Danke, dass du gekommen bist. Nun sind wir schon nicht mehr allein."

Golo anerbot sich: „Ich könnte weitere Gäste finden."

Sie lehnte zurück. „Damit würdest du uns einen großen Gefallen tun."

Golo wanderte weiter, hielt Ausschau. Er entdeckte 2 Telefonkabinen, die nah beieinander im Grasland einwuchsen. In der ersten winkte ihm eine Frau. Die Tür der zweiten stand offen. Auf dem unförmigen Kasten des Münzautomaten lag eine Katze, öffnete die Augen, schaute Golo an.

„Ich möchte meine Katze anrufen", teilte ihm die Frau mit, „könntest du den Hörer abnehmen und ihr ans Ohr halten?"

- „Hoffentlich erschrickt sie nicht, wenn ich die Kabine betrete", sagte er.

„Das wird schon nicht passieren", versicherte sie, „meine Katze ist bestens damit vertraut, das jemand hilft."

Tatsächlich schnurrte sie, als Golo sich näherte. „Gleich wirst du einen Anruf bekommen." Die Katze bewegte ein Ohr, richtete sich auf, buckelte.

Die Frau warf eine Münze ein, nahm den Hörer ab, stellte die Nummer ein. Schrill klingelte die Glocke im Automaten der zweiten Kabine, was die Katze jedoch nicht sonderlich beeindruckte. Sie gähnte, als ihr Golo den Hörer ans Ohr hob.

„Hallo! Hörst du mich?" fragte die Frau.

Die Katze straffte den Körper, miaute.

Die Frau streckte kurz den Kopf aus der Kabine, erklärte Golo: „Sie versteht alles, was ich sage." Dann sprach sie ins Mikrofon: „Wie geht es dir?"

Die Katze schnurrte stärker.

„Dein Schnurren ist wie Musik in meinen Ohren", schwärmte die Frau, „ich kann nicht genug davon bekommen. Darum sehe ich bei dir herein. Bis bald!" Sie legte auf, kam zur zweiten Kabine hinüber. „Du kannst jetzt auflegen", sagte sie zu Golo, „das Gespräch ist beendet. Ich finde, man sollte sich am Telefon kurzfassen."

Die Katze sprang vom Automaten, strich ihr um die Beine. Sie bückte sich, streichelte sie. „Du verstehst jedes Wort.

Das ist das Wunderbare an dir." Dann wandte sie sich an Golo: „Danke vielmals, dass du assistiert hast. Ich habe dich beobachtet. Deine Bewegungen waren sehr achtsam. Du hast immer zur Katze geschaut um sicherzugehen, dass sie sich in deiner Nähe wohlfühlt."

Die Katze rieb den Kopf an Golos Schienbein.

„Sie ist sehr zutraulich", bemerkte er.

Die Frau pflichtete ihm bei: „Das ist ein Wesenszug von ihr."

Golo berichtete von der Einladung. „Tiefer im Grasland ist eine lange Tafel. Dort findet ein spontaner Anlass mit einem festlichen Essen statt."

Ein Mann hüpfte Stück für Stück näher heran. „Habe ich das richtig gehört? Gibt es eine Art Zusammenkunft, Treffen oder Fest?"

- „Du kannst dich auf deine Ohren verlassen", anerkannte sie.

Golo wies in die Richtung der Tafel. „Es sind nur wenige Schritte zu gehen."

Mit hochgestelltem Schwanz folgte die Katze der Frau.

Der Mann überholte sie. „Ich kann es kaum erwarten."

Golo blickte ihnen nach. Das Gras wogte im Wind. Ameisen krabbelten und Grillen zirpten. Eine Frau kam am Ameisenhügel vorbei. Sie trug eine Tasche. „Nimmt dich wunder, was darin ist?"

Golo gestand: „Ich bin immer sehr neugierig."

Sie öffnete die Tasche. Sie enthielt Tischtennisschläger und -bälle. „Was mir zum perfekten Glück noch fehlt, ist ein Spieler."

Er reckte den Rücken gerade. „Ich dachte, es bräuchte

noch ein Netz und einen Tisch."

- „Wer mit mir unterwegs ist, findet immer einen Tisch", erwiderte sie, „gehen wir zusammen?"

Golo gab zu bedenken: „Ich bin eigentlich daran, Gäste einzuladen. Eine lange Tafel und viele Stühle warten."

Die Frau schenkte ihm ein aufmunterndes Lächeln. „Ein Tischtennisspiel dauert keine Ewigkeit. Wir spielen den Ball ein paarmal übers Netz, haben Spaß und dann gehen wir sofort und ohne Umwege zur Tafel."

Er schritt mit ihr durch die Wiese, hörte das im Wind sich wiegende Gras. Alte Bäume umgaben den verwilderten Park, in dem ein Tischtennistisch stand. Die Frau drückte ihm den Schläger in die Hand. „Ich bin in Topform. Und du?"

Golo stellte sich an den Tisch. „Mir gefällt die bizarre Form der Bäume."

Sie stellte die Tasche auf eine Steinbank, schlug den Ball übers Netz. „Die Bäume schauen wir nachher an. Jetzt gibt es nur noch dich, mich und den Ball."

Ein Mann lief in den Park. „Mich gibt es auch noch." Er spähte in die Tasche. „Ich sehe einen Schläger. Darf ich mitspielen?"

Sie wies in Golos Richtung. „Ihr seid das Herrendoppel."

Der Mann grüßte Golo. „Mit mir gewinnst du immer."

Golo fing den Ball mit der Hand, unterbrach das Spiel. „Was möchtest du denn gewinnen?"

- „Den Match", erklärte er.

Die Frau winkte ab. „Wir zählen keine Punkte. Wir versuchen einfach, den Ball übers Netz zu spielen, möglichst lang und ohne Fehler."

Der Mann stellte sich breitbeinig, leicht gebückt neben Golo. „Das ist ein hervorragendes Training."

- „Es ist einfach ein Spiel", korrigierte ihn die Frau und gab Golo einen Wink.

Er spielte den Ball übers Netz. „Ich habe eine Idee. Während ihr spielt, streife ich durch den Park und lade die Menschen zur Tafel ein."

- „Ist gut", sagte die Frau, „allerdings hoffe ich nachher schon auf eine Partie mit dir. Ich freue mich."

Der Mann streckte die Brust heraus. „Und ich erst! Mit mir spielst du in einem unschlagbaren Herrendoppel."

Golo legte den Schläger in die Tasche zurück. „Überall lassen sich positive Erfahrungen sammeln." Er zog sich ins Innere des Parks zurück.

Auf einer Bank, umgeben von Bäumen und Gras, saß eine Frau. Sie hatte einen Marienkäfer in der Hand. „Er ist mir zugeflogen. Darf ich ihn dir weitergeben?"

Golo legte die Hand flach auf den Bauch. „Gibt es etwas, worauf ich besonders achten könnte?"

Sie nahm seine Hand, ließ den Käfer über die Finger zu Golo hinübergehen. „Trage ihn, bis er wegfliegt oder du einen Menschen findest, der ihn halten möchte."

Golo betrachtete ihn. „Weißt du, warum er so anhänglich ist?"

- „Es gibt immer wieder Marienkäfer, die sich gerne bei Menschen aufhalten. Ich denke, es ist ihr großes Interesse. Was ist ein Mensch? Was tut er, wenn ich bei ihm bin?"

Sie schenkte ihm einen Augenaufschlag. „Wo wir gerade dabei sind: Was machst du im Park?"

Er hob die Hand. „Ich halte den Marienkäfer."

Sie lachte. „Und sonst?"

- „Ich lade dich zu einer langen Tafel ein. Sie steht in einer Wiese."

Ein Mann näherte sich. „Lädst du mich auch ein?"

- „Selbstverständlich", erwiderte Golo, „es sind alle eingeladen."

Der Mann fasste den Käfer ins Auge. „Ist er dir zugeflogen?"

Die Frau berichtete: „Er spazierte über die Brücke meiner Finger auf seine Hand."

Er reckte den Hals. „Würde er auch zu mir kommen?"

Golo streckte die Hand aus. „Das werden wir sehen." Der Käfer krabbelte auf die Hand des Mannes.

„Nun wäre das geklärt", sagte die Frau, „und wir können alle an die lange Tafel gehen."

Golo bedingte sich aus: „Ich werde mich im Park umsehen. Vielleicht finde ich weitere Gäste."

Die Frau und der Mann machten sich mit dem Marienkäfer auf den Weg. Ihre Schritte knirschten auf dem Kies, verhallten.

Im Innern des Parks überragte eine gewaltige Platane den Platz. Eine Frau trat aus dem Schatten. „Ich habe einen Stein gefunden, der unsichtbar macht. Möchtest du ihn ausprobieren?"

- „Das könnte der Beginn eines ganz neuen Lebens sein", vermutete Golo, „ich würde die Menschen und Tiere sehen. Aber sie würden vergeblich nach mir Ausschau halten."

Ein Mann schlenkerte über den Platz. „Das ist genau mein Wunsch. Ich möchte unsichtbar sein."

Die Frau klaubte eine Zündholzschachtel aus der Tasche

hervor. „Im Moment, wo du den Stein berührst, geschieht es."

Ohne mit der Wimper zu zucken, schob er die Schachtel auf, nahm den Stein in die Hand. Sogleich verschwand er. „Es funktioniert."

Golo hörte nur die Schritte des Manns. Er schien davonzulaufen. Von weitem klang seine Stimme: „Ich suche einen Spiegel, möchte sehen, ob ich wirklich unsichtbar bin."

Die Frau streifte Golo mit dem Finger am Handrücken. „Wir sind wieder unter uns. Was hast du vor?"

Er lud sie ein: „Es gibt eine lange Tafel."

Sie freute sich. „Ich gehe gern mit dir, egal, ob zu einer kurzen oder langen Tafel."

- „Geh nur schon vor", bat er, „ich suche weitere Gäste. Wir treffen uns dann an der Tafel."

Sie lief vom Platz. „Ist gut! Ich reserviere den Nachbarstuhl für dich."

Golo rief ihr „Danke!" nach, ging um die gewaltige Platane. Eine Frau schritt auf ihn zu. Sie trug einen großen, fallschirmweißen Hut, eine verspiegelte, runde Sonnenbrille und einen Rucksack. Sie nahm die Brille von der Nase, bot sie Golo an. „Die Sonne scheint hell. Möchtest du deine Augen schützen?"

Golo sorgte sich. „Aber dann sind deine Augen ungeschützt."

Sie übergab ihm die Brille, rief: „Sicher nicht", und klaubte eine kleinere Sonnenbrille aus dem Rucksack.

Golo setzte die große auf. „Mit der Brille fühle ich mich vom ersten Moment an wohl."

Die Frau hob den Hut vom Kopf. „Trage ihn! Er steht dir."
Zögernd setzte ihn Golo auf. „Vermisst du ihn nicht?"
Sie zog einen Strohhut aus dem Rucksack. „Mir macht das
Schenken Spaß."

Der Mann aus Papier

Glasklar sprudelte der Bach. Golo lauschte den Klängen. Dichter Klee wuchs am Ufer. Eine Frau stieß dazu. Sie trug einen Geigenkoffer, klappte ihn auf. „Versuche die Saiten zu zupfen, dass es wie das perlende Wasser klingt." Mit diesen Worten drückte sie ihm die Geige in die Hand.

Golo zupfte die A-Saite, horchte. „Der Klang geht gefällig ins Ohr."

Sie ergänzte: „Ins Ohr und von dort direkt ins Herz."

Ein Mann krempelte die Hosenbeine nach oben, suchte vorsichtig einen Weg durchs Wasser. „Der Klang ist eingängig."

Die Frau erklärte: „Wir sind gerade daran, das sprudelnde Wasser zu imitieren."

Er hob beide Hände. „Lasst euch nicht stören."

Golo bot ihm die Geige an. „Möchtest du ihre Kraft spüren? Das ist das Wunderbare an der Geige, dass du den Klang in der Hand hast."

Der Mann nahm die Geige. „Darf ich außerdem den Koffer haben?"

Die Frau spannte den Bauch an. „Was hast du vor?"

Er packte die Geige ein, schloss den Koffer. „Wir gehen den Bach entlang, bis wir Menschen treffen. Dann gebe ich ein kleines Violinkonzert. Es ist doch schade, wenn niemand zuhört und applaudiert."

Sie verstand ihn. „Du möchtest ein Publikum."

- „Schön wäre eine Bühne. Sie darf auch klein sein, aus rohen Brettern gezimmert", schwärmte er. Beschwingt schritt er voran. „Die Augen der Menschen werden leuchten. Sie werden eine Zugabe um die andere verlangen. Vielleicht wirft mir eine Frau aus dem Publikum eine Rose zu."

Die Frau folgte ihm. „Das wäre sehr schön. Wir könnten sie in eine Vase stellen und uns an ihrem Duft freuen."

Golo verharrte. Sie schaute zurück. „Was ist? Kommst du nicht ans Konzert?"

- „Ich komme nach. Zuerst möchte ich entdecken, wo der Bach entspringt", sagte er.

„Die Quelle ist weiter oben", wusste der Mann, „beeile dich. Manchmal ist der Auftakt zum Konzert der interessanteste Teil. Man darf ihn nicht verpassen."

- „Wer mit dir zusammen ist, lernt eine Menge", anerkannte die Frau. Bei einer Biegung des Bachlaufs verschwand sie mit ihm hinter einem Felsen.

Golo schlug die entgegengesetzte Richtung ein.

Von einem weit überhängenden Felsen widerhallte das Gurgeln, Sprudeln und Plätschern des Bachs. Eine Wölfin streifte durchs Unterholz. „Ich habe ein Gespräch mit dem Schäfer. Und ich möchte, dass du mich dabei begleitest."

- „Was versprichst du dir von der Begleitung?" wollte Golo wissen.

Die Wölfin hob den Kopf hoch. „Es ist wichtig, dass jemand dabei ist und auf die Worte achtet."

- „Vielleicht könnte das jemand besser als ich", vermutete er.

Sie lief zur Weide, schaute zurück. „Ich habe dich ausgewählt. Komm mit!"

176

Der Schäfer stand in der Wiese, richtete sich auf, als sich die Wölfin und Golo näherten. „Wollt ihr etwas Bestimmtes?" Sie antwortete: „Ich will mit dir reden."

Sein Blick schweifte zu Golo. „Und was möchtest du?"

- „Wenn es dich nicht stört, würde ich gern zuhören", sagte Golo.

Der Schäfer stellte ein Bein vor. „Zuhören ist sehr anspruchsvoll."

- „Also", begann die Wölfin und fasste den Schäfer ins Auge, „es ist schön, wenn ich keinen Stress habe."

- „Das erlebe ich auch so", erwiderte er, „viel Stress ist vermeidbar."

- „Dann sind wir uns ja einig", schloss sie und lief in den Wald.

Er wandte sich an Golo. „Danke, dass du dabei warst! Ich wünsche mir manchmal, dass uns immer jemand zur Seite steht, wenn wir uns unterhalten."

Golo legte die Hand unterhalb der Brust an den Leib. „Für mich sind Gespräche ganz wichtig."

Der Schäfer deutete auf die Weide. „Willst du meine Schafe kennenlernen?"

- „Mich nimmt wunder, wo der Bach entspringt", antwortete er, „das würde ich gern erforschen. Nachher schaue ich gerne vorbei."

Mit großen Schritten kehrte der Schäfer zur Herde zurück. „Lass dir ruhig Zeit! Meine Schafe freuen sich über jeden Besuch."

Golo ging wieder ans Wasser. Bis er den blanken Felsen erreichte, rauschte der Bach durch enge Erdkurven.

Eine Frau teilte liebevoll die Zweige auseinander. „Kennst

du das tausendjährige Teeblatt?"

- „Das muss sehr alt sein", vermutete Golo.

Sie lachte. „Das ist der Name eines Strauchs. Jeder Mensch sollte im Lauf seines Lebens einmal ein Blatt des tausendjährigen Teeblatts pflücken."

- „Wo wächst es?" erkundigte sich Golo.

Die Frau wies mit einer schnellen Drehung des Kopfes zum Tal. „In meinem Garten wachsen viele Teesorten."

Ein Mann trabte leichtfüßig herbei. „Immer wenn ich Tee höre, regen sich in mir alle Fasern und geben keine Ruhe, bis ich der Sache auf den Grund gegangen bin. So bin ich zum Teekenner geworden."

- „Dann führt kein Weg an meinem Garten vorbei", erklärte sie, „bestimmt findest du eine Sorte, die für dich neu ist."

Er trat von einem Bein aufs andere. „Lass uns rasch hingehen! Ich bin gespannt."

Die Frau blickte Golo an. „Sicher kannst auch du es kaum erwarten, in die Welt der Teepflanzen eingeführt zu werden."

- „Das möchte ich schon", versicherte er, „sobald ich die Quelle des Bachs gefunden habe, ist es angesagt."

- „Davon träume ich manchmal", gestand der Mann, „einfach Zeit zu haben, beliebigen Dingen nachzugehen. Doch dann ruft mich der Tee."

Die Frau nahm ihn mit. „Quellen sind nichts Beliebiges", mahnte sie an.

Golo folgte dem Ufer. Das Wasser floss über einen Stein hinab. Eine Frau trat beschwingt ins Sonnenlicht hinaus und blinzelte. „Möchtest du eine Blaumeise anlocken?"

Golo stemmte die Hand in die Hüfte. „Es gefällt mir auch,

wenn ich sehe und höre, wie sie von Ast zu Ast fliegt und trillert."

Ein Mann veränderte seinen Schritt. „Wie kann ich erreichen, dass der Vogel zu mir kommt?"

Sie gab ihm ein Buchnüsschen. „Lege es auf die flache Hand. Strecke sie leicht vor und halte sie ganz ruhig. Du darfst nicht zusammenzucken, wenn plötzlich die Meise um dich schwirrt."

Er stellte sich breitbeinig auf. „Das verspricht ein besonderes Erlebnis zu werden."

Eine Blaumeise flog heran, setzte sich auf seine Hand, nahm das Buchnüsschen in den Schnabel. Eine Weile verharrte sie. Dann flog sie mit dem Nüsschen fort. Der Mann schaute ihr nach. „Am liebsten würde ich eine Futterstelle einrichten oder ein Vogelhäuschen bauen."

Die Frau versprach: „Bei mir zu Hause liegt alles Material griffbereit. Du findest auch die geeigneten Werkzeuge übersichtlich angeordnet."

Der Mann breitete die Arme wie Flügel aus. „Du bist ja bestens eingerichtet. Wie muss ich mir den Weg zu deinem Haus vorstellen? Ist er kurz oder muss ich mit einem Tagesmarsch rechnen?"

Sie winkte ab. „Du machst einen Schritt, und wir sind da."

- „Das gefällt mir", sagte er, „wenn mir etwas vorschwebt, möchte ich nicht lange warten, sondern gleich und prompt Hand anlegen."

Die Frau tippte Golo auf die Schulter. „Bist du auch handwerklich interessiert?"

Er anerkannte: „Nicht an jedem Tag wird mir angeboten, ein Vogelhäuschen zu bauen."

- „Dann komm mit uns", schlug sie vor.

„Ich bin unterwegs", berichtete er, „wenn ich die Quelle des Bachs gesehen habe, kehre ich um."

Sie ging mit dem Mann los. „Ich halte eine Säge für dich bereit."

Er blickte über die Schulter zurück. „Und ich kann dir handwerkliche Tipps geben."

Golo dankte und guckte ihnen nach. Der glitzernde Bach schlängelte sich.

Eine Frau wandelte am Ufer. Sie beobachtete Golos Schritte. „Ich könnte dich vertonen."

Er blieb stehen. „Was hast du genau vor?"

- „Dein Gehgeräusch könnte ich mit Kokosnussschalen imitieren", erklärte sie.

„Aber meine Schritte klingen doch von selber", wandte er ein.

Sie klopfte mit der rechten Hand auf die linke. „Das ist zu leise, zu unauffällig. Ich möchte eine Figur aus dir machen. Dein Blinzeln könnte ich beispielsweise mit Kastagnetten umsetzen."

Allmählich dämmerte ihm, was sie vorhatte. „Du planst ein Tonprojekt."

Ein Mann bewegte sich auf den Bach zu. „Seit geraumer Zeit beschäftigt mich die Frage, wie ich aus mir eine Figur machen könnte."

- „Überlass das mir", riet sie, „ich weiß, wie ich dich inszenieren könnte."

Seine Augen leuchteten. „Gerade hier am Bach oder woanders?"

Sie nahm seinen Arm. „Wir gehen zu mir ins Studio."

- „Du hast ein Studio?" wunderte er sich, „meine kühnsten Träume erfüllen sich."

- „Bleibe auf dem Boden", bat sie, „es ist auch ein Stück Arbeit damit verbunden." Sie fasste Golo ins Auge. „Heute ist mein Glückstag. Ich finde 2 Figuren auf einen Schlag."

Golo deutete aufs Wasser. „Ich habe mein eigenes Projekt. Ich möchte sehen, wo der Bach herkommt."

Sie schloss die Augen. „Das beziehe ich alles mit ein. Wir vernehmen die Geräusche des Wassers, das Plätschern, Rauschen und Sprudeln."

- „Ist gut", sagte Golo und setzte seinen Weg fort, „ich schaue nachher bei dir herein."

Er geriet in eine grottenartige Schlucht mit aquamarin-blauen Felsen. Ein silbernes Einhorn kam ihm entgegen. „Kannst du einen guten Tipp gebrauchen?" fragte es.

Golo drehte den Körper leicht aus der Hüfte heraus. „Tipps stehen bei mir ganz hoch im Kurs, wobei ich sie lieber bekomme als gebe."

- „Ist gut", fuhr das Einhorn fort, „dann achte auf meinen Rat: Höre auf das, was dein Körper sagt." Es hob den Kopf, als wollte es mit dem Horn den Himmel durchstoßen und galoppierte davon.

Golo hörte den Hufschlag verklingen, drang tiefer in die Schlucht. Ein Mann aus Papier raschelte aus einer Felsen-ritze, fragte: „Gibt es etwas, wofür ich mich zerreißen könnte?"

Vorsichtig erkundigte sich Golo: „Was hast du vor?"

- „Ich möchte ganz in einer Sache aufgehen, mich hinge-ben", schwärmte der Mann.

Golo fasste sich ans Ohrläppchen. „Warum musst du dich

zerreißen? Du könntest dich auch für eine ruhige Hingabe entscheiden."

Der Mann flatterte um Golo herum. „Ich finde, wir passen gut zusammen. Du könntest mich beschreiben."

Eine Frau begab sich in die Schlucht. „Braucht ihr einen Bleistift?"

Der Mann deutete auf Golo. „Er möchte mich beschreiben."

Sie wandte sich Golo zu, reichte ihm den Stift mit der Frage: „Findest du ihn hübsch?"

Golo drehte und wendete ihn in der Hand. „Mir gefallen alle Stifte."

Die Frau fragte den Mann: „Möchtest du mit vielen Worten beschrieben werden?"

Er glättete sein zerknittertes Gesicht: „Ich wünsche nur 2 Worte: Vermiss mich!"

Das Tagebuch

Über einen dicht bewaldeten Bergrücken führte ein schmaler Pfad. Auf einem Ast saß ein Halsbandsittich, fragte: „Was brauchst du?"

Golo blickte zu ihm hinauf. „Im Moment habe ich Zeit zum Atmen, Zeit zum Träumen. Das gefällt mir."

- „Ist gut", sagte der Vogel, „das hast du bereits. Aber was wünschst du? In irgendeiner verborgenen Kammer deines Herzens wird doch wohl ein klitzekleiner Wunsch stecken."

Eine Frau beschleunigte ihren trippelnden Gang. „Kann ich dir einen Tee machen?" Bevor sich Golo dazu äußern konnte, drang ein Mann durchs Dickicht. „Tee wirkt auf mich unwiderstehlich."

- „Am Waldrand habe ich meinen Solarkocher aufgestellt. Welcher Tee darf es denn sein?" erkundigte sie sich.

Er senkte die Schultern. „Hast du mehrere Sorten?"

- „Aus meiner Truhe kann ich fast alle Teesorten zaubern", versprach sie.

Er lenkte seine Schritte zum Waldrand. „Dann kann ich es kaum erwarten, in deiner Truhe zu stöbern."

Sie schenkte Golo einen aufmunternden Blick. „Bestimmt ist auch ein Tee für dich dabei."

- „Gerne würde ich mir noch etwas Zeit im Wald reservieren", bat er sich aus, „sobald mich aber der Durst überkommt, lass ich mir gerne die Truhe zeigen."

Sie deutete mit einer scherzhaften Handbewegung das Schließen des Deckels an. „Vielleicht ist es dann zu spät."

Golo lachte und betrachtete ihren trippelnden Gang, mit dem sie aus dem Blickfeld tanzte.

In weiten Schleifen führte der Weg durch den Wald ins Tal zum Fluss hinunter. Eine Frau bummelte das schilfbewachsene Ufer entlang. „Was hast du vor?"

Golo legte die Hand angewinkelt auf den Bauch. „Ich sehe mir den Wald an. Er ist so ausgedehnt, dass man das Gefühl hat, nie an seinen Rand zu kommen."

- „Gefällt dir das Schilf?" fragte sie weiter.

Er trat näher. „Es spiegelt sich im Fluss."

Sie pflückte ein Schilfblatt. „Hast du eine Idee, was du damit anfangen könntest?"

Ein Mann dackelte in tänzerischen Zickzackbewegungen durch den Uferwald. „Wir könnten ein kleines Schiff basteln", schlug er vor.

Die Frau reichte ihm das Blatt. „Wir lernen viel von dir."

Er krempelte die Ränder hoch, setzte es aufs Wasser und ließ es davontreiben. „Das ist erst der Anfang", freute er sich, „wir stellen eine ganze Flotte her." Er sah sich am Ufer um. „Es ist eine Frage der Einfühlung. Wie würde ich am besten treiben, wenn ich ein Schilfblatt wäre?"

Die Frau schenkte Golo einen verstohlenen Blick aus den Augenwinkeln. „Möchtest du auch ein Schilfblatt sein?"

- „Warum nicht", erwiderte Golo, „zunächst möchte ich jedoch zum Waldrand gelangen und mich dort umsehen."

- „Lass dir ruhig Zeit", rief ihm der Mann gönnerhaft nach, „wir sind hier noch eine ganze Weile beschäftigt."

- „Du kannst unterwegs ein paar Blätter pflücken", empfahl

sie.

Golo drehte sich kurz um, bevor er weiterging. „Ich habe sie schon vor Augen."

Bläulich schimmerte der Fluss. Eine Frau duckte sich unter dem Wildwuchs durch.

„Moos fasziniert mich." Sie brachte 2 bemooste Schläger und einen bemoosten Federball. „Es kann sich vermehren, Samenkapseln bilden." Sie gab ihm einen Schläger. „Kannst du so sanft spielen, dass das Moos am Schläger bleibt?"

Ein Mann eilte leichtfüßig herbei. „Ich bin die Sanftheit in Person. Manchmal verhalte ich mich so ruhig, dass das Moos auf meiner Hand wachsen könnte."

Golo reichte ihm den Schläger weiter. „Gerne schaue ich erstmal zu. Es wäre mir nicht recht, wenn das Moos abfallen würde."

Zeitlupenartig langsam holte die Frau mit dem Schläger aus, spielte den Federball zum Mann, der den Schläger ebenso achtsam führte. Eine Weile flog so der Federball hin und her, ohne Moos zu verlieren. Auch auf den Schlägern blieb der Bewuchs unversehrt.

„Ich bewundere euch", sagte Golo.

„Das Spiel geht unendlich langsam und lange", kündigte die Frau an, „du darfst dich ruhig hinsetzen."

Golo wandte sich zum Gehen. „Ich möchte den Wald bis zum Rand erkunden."

- „Lass dich nicht aufhalten", empfahl der Mann, „wir spielen, bis du zurück bist. Dann kannst du mich ablösen."

- „Oder mich", ergänzte die Frau, „wir werden uns, gut über den Tag verteilt, abwechseln."

Golo lenkte seine Schritte zum Ufer. Der Fluss floss durch die weit über das Wasser hängenden Baumkronen.

Eine Frau fand sich ein. Sie brachte eine Hose, die am Kleiderbügel hing. „Das ist eine Ausgehhose. Was das Besondere ist: Sie hat einen Elastikgurt."

Golo fragte: „Was sind Ausgehhosen?"

- „Wenn du sie angezogen hast, kannst du mit mir in den Ausgang gehen, zu einer Bühne zum Beispiel."

Ein Mann fegte zum Ufer. „Ich bin schon ewig lang nicht mehr ausgegangen. Der Grund ist einfach. Mir fehlt die passende Hose."

Die Frau hob den Kleiderbügel hoch. „Was sagst du dazu?"

Er führte einen wahren Freudentanz auf. „Das ist genau die Hose, von der ich Nacht für Nacht träume."

Die Frau nahm sie vom Bügel. „Willst du sie anprobieren?"

Er streifte seine Hose ab, schlüpfte in die Ausgehhose. „Wie sehe ich aus?"

Sie hängte die alte Hose an den Bügel. „Ohne Elastikgürtel würde dir ein gewisser Zauber fehlen."

Er ging auf und ab. „Ich muss mich unbedingt im Spiegel sehen."

- „Dann komm mit mir! Bei mir zuhause hängt an jeder Wand ein Spiegel. Sie sind so angebracht, dass du, ohne den Kopf zu drehen, auch deine Rückenansicht betrachten kannst", versprach sie.

Der Mann folgte ihr mit tänzelndem Schritt. „Ich habe auch ein neues Gefühl beim Gehen."

Sie betonte: „Das verdankst du der neuen Hose." Plötzlich hielt sie inne, richtete den Blick auf Golo. „Darf ich auch dir ein neues Lebensgefühl schenken?"

Golo verharrte am Ufer. „Mein Ziel ist der Waldrand. Wenn ich ihn erreicht habe, könnte ich mir gut vorstellen, etwas Neues zu unternehmen."

Er wanderte das Ufer entlang. Forellen flitzten durchs Wasser. Ein Eichhörnchen sprang von einem Ast. „Soll ich dir sagen, warum es mir in diesem Wald behagt?"

- „Gerne", erwiderte Golo, „das nimmt mich wunder."

Das Eichhörnchen setzte sich auf eine Wurzel, richtete sich auf, gestikulierte mit den Vorderpfoten. „Hier hat es große und alte Bäume, ganz verschiedene. Das gefällt mir, dass nicht nur eine Art das Terrain besetzt. Außerdem wimmelt es von Haselstauden."

- „Du liebst Haselnüsse", vermutete Golo.

„Verwandle dich in ein Eichhörnchen", riet es, „dann erfährst du alles und viel mehr am eigenen Leib. Du kannst an den Stämmen hochklettern, von Ast zu Ast springen."

- „Das klingt verlockend", räumte Golo ein, „doch im Moment habe ich etwas anderes vor. Ich möchte den Waldrand erreichen und mich dort umsehen."

Das Eichhörnchen huschte am Stamm einer urwüchsigen Eiche hoch. „Wenn ich dir einen Rat geben darf: Verlasse nie den Wald! Er bietet dir Schutz und eine Vielzahl von wunderbaren Erlebnissen."

- „Danke für den Rat", sagte Golo, „ich werde ihn auf meine Weise immer beachten."

Das Eichhörnchen lief über einen Ast, sprang zum Nachbarbaum, verschwand in den Wipfeln. Das Rascheln vermengte sich mit dem leisen Rauschen des Wassers.

Eine Frau ging schlendernd und wachen Blicks durch den Wald. Sie hatte Kautschukkugeln in den Händen. „Hast du schon einmal mit Kugeln Schlagzeug gespielt?"

Golo gestand, dass er noch nie auf die Idee gekommen war.

Sie sagte: „Auf dem Weg zum Waldrand steht mein Schlagzeug. Dort kannst du einen Versuch machen."

Sie führte ihn zu einer Lichtung, wo das Schlagzeug, von hohem Farn umwachsen, stand, legte alle Kugeln außer einer aufs Fell der kleinen Trommel. Die letzte Kugel reichte sie Golo mit der Anweisung: „Lasse sie immer wieder aufs Fell fallen." Golo begann das Spiel. Durch den Aufprall der Kugel wurden die anderen Kugeln erschüttert, hüpften unscheinbar hoch, erzeugten ein wimmerndes Singen, das mit jedem Schlag anschwoll, leiser wurde, um wieder laut mit zu vibrieren. Die Frau feuerte Golo an: „Spiele schneller!"

Durch den Klang angelockt, trat ein Mann auf die Lichtung. „Es steht mir fern, mich anpreisen zu wollen, aber ich bin ein kleiner Ballkünstler, der zum Beispiel beim Jonglieren eine atemberaubende Geschwindigkeit entwickeln kann." Golo gab ihm den Ball. Er gab sich nicht mit einem zufrieden, sondern spielte mit 3 Bällen gleichzeitig, entfaltete ein ungeheuer virtuoses Spiel. Die Frau hüpfte im Takt der Bälle, bemerkte gar nicht, dass sich Golo leise zurückzog, um seinen Weg fortzusetzen. Erst als er die Lichtung schon halb verlassen hatte, fiel es ihr auf. „Komme wieder zurück, wenn du den Waldrand erforscht hast. Ich zeige dir, wie du das Schlagzeug mit den Kugeln zum Lachen und Weinen bringen kannst."

Golo schaute den Fischen im Wasser zu. Unversehens gelangte er an den Waldrand, wo, auf einer Wiese zerstreut, Bälle herumlagen. Mittendrin stand eine Frau, sagte: „Wenn du Lust hast, spielst du."

Er blickte sich um. „Soll ich einen Ball in die Hand nehmen oder mit dem Fuß treten?"

Bevor die Frau zum Antworten kam, stürmte ein Mann auf die Wiese. „Das ist ein Ballparadies." Er wirbelte durch die Bälle, kickte sie auf alle Seiten.

Die Frau lobte ihn: „Du wirst noch lange beschäftigt sein."

Golo schlug einen Bogen um ihn herum. Das fiel der Frau auf. „Du hast noch gar keinen Ball angespielt."

- „Ich möchte das Ufer am Waldrand erkunden", erwiderte er.

Sie schlug ihm spielerisch auf die Schultern. „Schau dich ruhig um! Vielleicht findest du jemanden, der mitspielt."

Golo ging das Ufer entlang. „Das wäre sehr wohl möglich." Der Fluss glitzerte silbrig.

Eine Frau hob freundlich die Hand und winkte. Sie trug ein Buch und einen Stift.

„Möchtest du Tagebuch führen?"

- „Etwas aufzuschreiben gibt es immer", anerkannte Golo. Ein Mann rannte herbei. „Ist das ein Buch zum Lesen oder zum Schreiben?"

Die Frau schlug es auf. „Es ist ein Tagebuch. Es wartet auf den ersten Eintrag. Alle Seiten sind noch leer."

Der Mann streckte die Hand danach aus. „Darf ich es haben?"

Sie schenkte es ihm. „Brauchst du den Stift oder hast du einen in der Tasche?"

Er ergriff ihren Stift. „Es ist kaum zu glauben, dass jemand, der so gerne schreibt wie ich, nichts dabei hat."

- „Das spielt keine Rolle", beschwichtigte sie ihn, „nun bist du ausgerüstet."

Er setzte sich auf einen Felsbrocken, sprach sich leise die Frage vor, die er gerade notierte: „Wann ist der richtige Zeitpunkt, ein Tagebuch zu beginnen?"

Das große Gesicht

In changierenden Ockertönen ragte ein schroffer Grat auf. Ein schmaler Pfad führte über das Felsband. Golo setzte behutsam Fuß vor Fuß, blieb stehen, schaute sich um. Eine Frau kam aus dem Schatten heraus. „Liest du gerne? In meiner Bibliothek kannst du gratis Bücher ausleihen."
- „Das Lesen finde ich etwas Wunderbares", sagte Golo, „im Moment möchte ich jedoch den Felsen und die Landschaft um ihn herum erkunden. Da bin ich ohne Gepäck leichtfüßiger unterwegs."
Ein Mann kletterte den Hang hinauf. „Ich habe gerade ein Tierbuch gelesen, suche fieberhaft ein neues."
- „Komm in meine Bibliothek! Dort findest du eine riesige Auswahl. Ich kann dir Bücher über Tiere, Pflanzen und Menschen anbieten."
Er heftete sich an ihre Fersen. „Ich lese langsam, aber beständig und staune, wie schnell ich bei diesem Vorgehen zur letzten Seite gelange."
Sie richtete sich kerzengerade auf. „In meiner Bibliothek geht das Lesen nahtlos weiter. Es gibt nie die letzte Seite, die wirklich die letzte ist. Mit der linken Hand legst du das ausgelesene Buch weg, und mit der rechten schlägst du bereits das neue auf."
Er rieb sich die Hände. „Das ist ja, als würde ich in ein großes Märchenbuch versetzt."
Bevor sie hinter einer Wegbiegung verschwand, wandte

sich die Frau nach Golo um. „Für dich lege ich ein Buch über die Felsenlandschaft bereit. Darin kannst du auch lesen, wie die Erde entstanden ist."

- „Das interessiert mich sehr", erklärte Golo, lauschte den verklingenden Stimmen und Schritten nach.

Die Felswände sahen wie ein Torbogen aus. Eine Frau schritt hindurch. „Möchtest du mein Huhn kennenlernen? Es hat soeben ein Ei gelegt. Wir könnten gemeinsam herausfinden, was wir damit anfangen."

Golo entgegnete: „Ich würde gerne sehen, wie das Felsband verläuft."

Ein Mann machte auf sich aufmerksam. „Ich liebe alle Arten von Eierspeisen."

Die Frau drehte sich nach ihm um. „Dann bist du mein Gast."

Der Mann klaubte eine Serviette aus dem Rucksack, legte sie an. „Ich kann es kaum erwarten."

Die Frau hob abwehrend die Hände. „Nur nichts überstürzen! Zuerst begrüßen wir mein Huhn. Dann entwerfen wir das Menü."

Er versorgte die Serviette im Rucksack. „Du hast recht. Im Umgang mit Eiern darf man nicht hetzen. Sonst zerbrechen sie."

In aller Ruhe erklärte sie Golo, wo sich ihr Haus befand. „Wenn du das Felsenband studiert hast, schaust du bei mir herein. Bis dann haben wir sicher etwas Feines gekocht, und du kannst dich mit uns an den Tisch setzen."

Er bedankte sich für die Einladung, setzte seine Erkundungstour fort. Flechten und Moos krallten sich in den Boden.

Eine Frau zwängte sich durch eine schmale Felsöffnung. „Ich habe einen Brunnen im Garten. Er plätschert vor sich hin. Wenn du dich daneben in den Liegestuhl legst, genießt du augenblicks die Ruhe und bist zufrieden."

- „Das mutet vielversprechend an", anerkannte Golo.

„Sicher hast du nichts Eiligeres zu tun, als dich in meinem Garten auszuruhen", nahm sie an.

Golo hielt seine Lippen locker. „Ich bin zu einer Eierspeise eingeladen."

- „Das macht fast gar nichts", fand sie, „du schaust nachher bei mir herein. Ich stelle schon mal den Liegestuhl neben dem Brunnen auf. Möchtest du außerdem einen Sonnenschirm?"

Sein rechter Mundwinkel rutschte hoch. „Das ist wirklich eine sehr freundliche Einladung. Wollen wir es nicht vor Ort klären?"

Sie erklärte: „Ich lebe eben von Vorbereitungen." Scherzhaft fügte sie bei: „Manchmal bereite ich sogar das Vorbereiten vor."

- „Wenn es dir dabei wohl ist, gibt es dagegen nichts einzuwenden", erwiderte er.

„Manchen kommt das ein wenig übertrieben vor", räumte sie ein „aber ich schmiede leidenschaftlich gern Pläne."

Ein Mann marschierte mit entschlossenem Schritt. „Ich plane auch gerne, am liebsten auf dem Liegestuhl."

Sie lud ihn ein. „Dann liegst du bei mir genau richtig."

Er erkundigte sich: „Was gefällt dir am Planen besonders gut?"

Die Frau wandte sich zum Gehen. „Es wirkt eben verlockend, dass wir etwas erreichen können." Sie verschwand mit dem Mann hinter einem Felsen.

Heidekraut, Blaubeeren und Flechten breiteten sich aus. Einzelne Steinbrocken wirkten wie von Riesenhand ausgeschleudert.

Eine Frau näherte sich mit besonders geschmeidigem Gang. Sie trug ein Gummiband mit sich. „Kennst du das Wort ‚Gummitwist'?"

Golo zeigte auf das Band. „Hat es damit zu tun?"

- „Das ist richtig", bestätigte sie, „wir spannen das Band etwa 10 Zentimeter über dem Boden zwischen 2 Steinbrocken aus."

Sie suchte 2 benachbarte Brocken, die wie Tropfen aufragten, spannte das Band darum. „Die erste Übung ist ganz einfach. Springe hoch, lande mit einem Fuß außerhalb des Gummis, mit dem anderen innerhalb."

Ein Mann querte den Felsenhang. „Seit vielen Jahren vermisse ich nur etwas in meinem Leben: den Gummitwist."

- „Dir kann geholfen werden", versprach sie, „du darfst gleich mit der Startübung beginnen." Sie vergewisserte sich bei Golo: „Es ist dir doch recht, wenn er anfängt?"

Er bekannte: „Das kommt mir sogar sehr gelegen. Ich bin zum Essen eingeladen."

Der Mann hüpfte. „Gummitwist hilft dir beim Verdauen."

- „Das erlebe ich auch so", pflichtete sie ihm bei, „erst habe ich ein Völlegefühl und denke, ich würde nie im Leben wieder einen Bissen hinunterkriegen. Doch dann tanze ich mit dem Gummi und fühle mich leicht wie ein Federball."

Ein Pfad wand sich durch die Felsen. Golo suchte ihn auf. „Ihr meint, dass mir das Hüpfen nach dem Essen guttun würde?"

- „Unbedingt", versprach die Frau, „bis du zurückkommst, vertreiben wir uns die Zeit mit Hüpfen. Nachher sind wir zu dritt. Da können wir das Band um die Knöchel von 2 Spielern schlingen. Das macht viel mehr Spaß, weil wir dann eine Gemeinschaft bilden."

Der Pfad führte Golo tiefer in die Felsenlandschaft.

Eine Frau rollte den Fuß von der Ferse bis zur Zehenspitze ab. „Möchtest du lernen, Kartoffelchips selber zu machen? Es geht ganz einfach."

- „Viele Menschen mögen Chips", fiel Golo ein.

Ein Mann schlüpfte durch eine Felsenritze. „Wisst ihr, was ich frühmorgens gleich nach dem Aufstehen anfange?" Er machte keine Sprechpause, um die Antwort abzuwarten, sondern gab sie gleich selber. „Ich esse Chips. Von daher bin ich brennend daran interessiert, sie selber herzustellen. Ist es schwer? Ist es leicht? Das sind so Fragen, die mir durch den Kopf gehen."

- „Nicht mehr lange", versprach sie, „zuhause habe ich eine Reibe. Damit ist es ein Kinderspiel." Sie schob den Oberkiefer vor. „Was stehen wir hier lange rum! Gehen wir doch in meine gemütliche Küche, wo alles bereitsteht."

Er straffte den Rücken. „Ich bin dabei. Küchen faszinieren mich seit jeher."

Sie schaute Golo tief in die Augen und blinzelte dabei. „Ich darf doch mit dir rechnen?"

- „Ein Essen wartet bereits auf mich", erwiderte er.

„Noch wissen es alle viel zu wenig", fiel ihm der Mann ins Wort, „Chips eignen sich auch vorzüglich als Dessert. Es kommt nur auf die Schale an, worin ich sie serviere."

Die Frau schubste Golo leicht. „Ein Grund mehr, mich zu

besuchen."

Golo dankte für die Einladung.

- „Nichts zu danken", entgegnete sie heiter, „was sollen wir alle allein in unseren Häusern sitzen, wo es doch so bereichernd ist, beim Essen zu plaudern und neue Freunde zu gewinnen?"

Mit diesen Worten ging sie mit dem Mann davon. Golo hörte noch lange von der Felswand den Widerhall ihrer Stimmen.

Auf einer Weide am Rand der Felsenlandschaft traf er ein Schaf. „Wo finde ich einen Schäferhund?" fragte es, „ich würde ihn gern beschützen."

Golo schlug vor: „Wir könnten uns umsehen. Vielleicht begegnen wir einem Hund, der sich von dir beschützen lassen möchte."

Zusammen querten sie die Weide. Das Schaf hielt sich an seiner Seite. Ein Schäferhund lief auf sie zu. „Ist gut, dass ich euch treffe", sagte er, „schon lange suche ich ein Schaf, das ich beschützen kann."

Das Schaf blökte. „Das gibt es nicht! Du möchtest mich beschützen!"

Der Hund reckte den Rücken. „Warum nicht? Ich bin sehr aufmerksam und tapfer. Du kannst dich auf mich verlassen."

- „Daran zweifle ich nicht", versicherte das Schaf, „ich blökte nur, weil ich die ganze Zeit einen Schäferhund suche, den ich beschützen kann."

- „Das trifft sich doch gut", fand Golo, „du beschützt den Hund, und er dich."

Der Hund schmiegte sich an Golos Beine. „Deine Idee ist

196

wunderbar. So halten wir es." Zufrieden kehrte er, Seite an Seite, mit dem Schaf zur Weide zurück.

Felsen umgaben eine Wiese. Eine Frau setzte langsam einen Fuß vor den anderen. „Hier in der Gegend habe ich einen Teebeutel vergraben. Jetzt kann ich ihn nicht mehr finden."

Golo schaute sich um. „Wann hast du ihn vergraben?"

- „Vor etwa 3 Monaten", antwortete sie.

Ein Mann streifte durch den Hang. „Sucht ihr etwas?"

Die Frau berichtete vom Beutel. „Ich hätte es nicht für möglich gehalten, dass ich den Ort vergessen könnte."

Er zog die Schultern nach hinten. „Mache dir deswegen keine Sorgen." Hastig lief er auf und ab, schnupperte, begann plötzlich mit der Hand zu graben. „Es lohnt sich, genau hinzuschauen." Er zog den Teebeutel aus der Erde, roch daran. „Das ist Grüntee, zufällig mein Lieblingstee."

Das Gesicht der Frau hellte sich auf. „So fühlt sich das Glück an! Ich lade euch ein."

Der Mann übergab ihr den Beutel. „Für eine Tasse Tee würde ich einmal um die Welt laufen."

Sie lachte. „Wir müssen nicht weit gehen. Mein Haus steht gleich um die Ecke."

Zufrieden schritten sie davon. Plötzlich vermisste die Frau Golo. Sie blieb stehen, schaute zurück. „Du bist auch mein Gast."

Er erinnerte sich an die Frau mit dem Huhn. „Ich bin bereits eingeladen."

- „Einen Tee mag man immer", entgegnete sie, „schau einfach nachher bei mir herein."

Golo guckte ihnen nach, sah sich die Felsen an. Ein farnüberwucherter Felsenkopf ragte auf. Daneben legte eine Frau eine Leinwand flach vor sich auf eine Felsenplatte. Sie blickte auf, fasste Golo ins Auge. „Bearbeite die Leinwand zunächst nur mit einer Farbe", forderte sie ihn auf.

Golo trat näher. „Vielleicht möchtest du das selber tun."

Neben der Felsenplatte stand ein Eimer mit königsblauer Farbe. Sie drückte ihm den Pinsel in die Hand. „Es gibt verschiedene Möglichkeiten, die Welt durch Kunst bunt und attraktiv zu machen. Ich male selber, gebe den Pinsel weiter."

Golo tauchte den Pinsel in die Farbe, malte ein großes Gesicht auf die Leinwand. Dann legte er ihn auf die Felsenplatte. „Ich finde Pausen wichtig."

Die Briefmarke

Durch den Wald zog sich ein Flusslauf. Golo ging das Ufer entlang, sah sich nach allen Seiten um. Sanft floss das Wasser dahin. In einer Baumkrone hangelte sich ein Faultier geruhsam von Ast zu Ast. „Du bewegst dich wahnsinnig rasch", bemerkte es.

Golo schaute zu ihm hinauf. „Sollte ich langsamer gehen?"

Das Faultier fraß ein Blatt. „Alles, was ich sage, ist: Pass auf, dass du nicht in eine Stresssituation kommst."

Für den Rat bedankte sich Golo. „Ich lerne immer gerne dazu."

Er verlangsamte seine Schritte, folgte dem Uferweg. Das stete Glucksen des Flusses lullte ihn ein.

Eine Frau tanzte auf dem Weg. „Hast du ein Wappen?"

- „Wozu sollte ich ein Wappen haben?" wunderte er sich.

„Du kannst zum Beispiel eine Fahne mit deinem Wappen im Garten hissen. Dann sehen alle Menschen, dass du hier wohnst. Wenn dein Wappen den Briefkopf ziert, merken die Empfänger, dass du stolz auf deinen Namen bist. Auch die Fassade deines Hauses kannst du mit dem Wappen schmücken."

Ein Mann tippelte auf dem Uferweg. „Was soll ich tun? Alle außer mir haben ein Wappen. Nur ich stehe ohne da."

- „Aber nicht mehr lange", versprach sie, „ich befasse mich seit vielen Jahren mit Wappen und finde deines bestimmt heraus."

Er durchwühlte die Haare. „Ich kann es kaum erwarten. Am liebsten würde ich sofort eine Wappenscheibe in mein Fenster hängen."

- „Das lässt sich machen", sagte sie, „du kommst mit mir. Alles weitere ergibt sich."

Der Mann wandte sich an Golo: „Davon solltest du auch profitieren. Wappenscheiben sind ein Blickfang."

Die Frau beschrieb ihm den Weg zu ihrem Haus. „Es macht mir Spaß, dein Wappen ausfindig zu machen."

Golo legte die Hand an den Oberschenkel. „Wenn ich das Flussufer erkundet habe, könnte ich bei dir hereinschauen."

Bevor sie mit dem Mann das Blickfeld verließ, drehte sie sich noch einmal um. „Ich sorge dafür, dass du alles optimal vorbereitet findest. Du musst dich nur hinsetzen und hast schon die Wappenscheibe in der Hand."

Der Wind spielte in den Ufergräsern. Unter einer Weide mit tief herabhängenden Ästen leerte eine Frau Säcke voller Zettel in eine Badewanne. „Möchtest du mir zuschauen oder selber Hand anlegen?"

Golo schickte sich an, seine Antwort in Worte zu fassen. Doch da war schon ein Mann zur Stelle, griff eifrig nach dem nächsten Sack, schüttete die Zettel aus. „Ich liebe es, das Papier rascheln zu hören. Das gibt mir ein gutes Gefühl."

Als die Zettel die Wanne gefüllt hatten, ging die Frau zu einem Eimer mit türkisblauer Körperfarbe, der zwischen den Wurzeln stand. Sie hob den Deckel ab, forderte den Mann auf: „Zieh dich aus! Ich werde dich von der kleinen Zehe bis zu den Haarspitzen anmalen."

Er streifte die Kleider ab. „Ihr glaubt kaum, wie unsäglich dankbar und erleichtert ich bin, die Kleider loszuwerden."

Die Frau tunkte den Pinsel ins Türkis, fragte Golo: „Möchtest du dich auch ausziehen?"

Golo wich einen Schritt zurück. „Ich schaue erstmal zu."

Sie malte den Mann an, ließ die Farbe nur so fließen, rinnen, tropfen und spritzen. „Sagt sie dir zu?"

Er räkelte sich wohlig. „Türkis ist meine Lieblingsfarbe."

Sie goss den Eimer über ihn aus. „Steige nun in die Badewanne und wälze dich in den Zetteln."

Er hüpfte in die Wanne. „Ich wüsste nicht, was ich lieber täte." Er drehte, wendete und wälzte sich, schaufelte eine Handvoll Zettel, ließ sie über sich herabblättern, pappte sie an die Brust, tauchte unter. Als kaum mehr ein Zettel unbefleckt war, stieg er aus der Wanne. „Die Farbe und die Zettel erzeugen Gänsehaut."

Sie las die Zettel ab, die an seinem Körper klebten, streifte sie am Rand der Wanne ab. „Spring in den Fluss! Wasche die Farbe ab."

Er zögerte. „Gefährde ich möglicherweise die Fische?"

Die Frau lachte. „Das ist unbedenkliche Naturfarbe."

Schnell lief der Mann ins Wasser, tauchte unter, schwamm ein paar Züge. „Ich könnte stundenlang baden. Das Wasser prickelt angenehm auf der Haut."

Sie packte die Zettel in die Säcke. „Lege dich an."

Er stieg aus dem Fluss, schlüpfte in die Kleider. „Was unternehmen wir als Nächstes? Das Bad hat mich erfrischt. Ich strotze vor Tatendrang."

- „Wir tragen die Säcke in die Galerie", erklärte sie, schaute Golo fragend an, „kommst du mit?"

Golo deutete aufs Wasser. „Zuerst schaue ich mir den Fluss und das Ufer an", entschied er.

Sie versuchte, ihn mit neugierigen Blicken zu erforschen. „Es eilt ja nicht, dauert eine ganze Weile, bis wir die Zettel aufgehängt haben. Dann gibt es eine Vernissage."

Der Mann hob die Säcke auf. „Eröffnungen finde ich wunderbar. Ich kann eine Rede halten. Bestimmt gibt es auch etwas zum Trinken."

- „Ich lasse die Gäste sicher nicht verdursten", versprach sie lachend, „du wirst sehen: Bei mir ist immer an alles gedacht."

Sie wusch den Pinsel am Fluss aus, schloss den Eimer mit dem Deckel, entfernte sich mit dem Mann.

Der Fluss glitzerte in der Sonne. Schritt für Schritt, bedächtig, ging Golo weiter.

Bei einer Grotte stand eine Frau. „Sicher möchtest du eine Kerze anzünden und dabei an einen lieben Menschen denken."

Golo überlegte. „An wen könnte ich denken?"

Ein Mann wechselte das Tempo seiner Schritte. „An mich!"

Die Frau gab Golo eine Streichholzschachtel. „Willst du an ihn denken?"

Er schickte sich an, die Schachtel zu öffnen. „Ich entscheide mich in aller Ruhe."

Der Mann kehrte ihm das Gesicht zu. „Wisst ihr was? Ich zünde die Kerze gleich selber an."

Golo reichte ihm die Schachtel. „Jemand von uns sollte es versuchen."

Der Mann eilte in die Grotte. „Da gibt es nichts zu versuchen. Es gelingt mir auf Anhieb." Er strich den Zündkopf

über die Reibfläche. „Gleich darfst du an mich denken."
Mit diesen Worten zündete er die Kerze an.

Die Frau trat zu ihm in die Grotte. „Jetzt haben wir viel Zeit.
Wir bleiben zusammen, solange sie brennt."

Der Mann winkte Golo. „Komm zu uns! Ich bin auf deine
Gedanken gespannt. An und über mich gibt es jede Menge zu denken."

- „Das gefällt mir", sagte die Frau und wies auf eine Sitzbank.

Golo blieb vor der Grotte stehen. „Ich habe erst einen kleinen Teil des Flussufers gesehen, schaue mich noch etwas
um."

Sie setzte sich. „Die Kerze wird lange brennen."

Der Mann nahm Platz. „In der Zeit kannst du den Fluss von
der Quelle bis zur Mündung ausforschen. Aber du bleibst
erwartet."

- „Ich möchte nichts versprechen", sagte Golo und lenkte
die Schritte zum Ufer.

Silbern schimmerte das Wasser. Ein Reiher glitt über den
Fluss. Hinter einer Biegung hob sich eine 3 Meter hohe
Sitzbank empor.

Eine Frau stellte eine Leiter an. „Möchtest du die Aussicht
über den Fluss genießen?"

Golo zog die Schultern nach hinten. „Mit jeder Sprosse
könnte ich zusehends Höhe gewinnen."

Ein Mann lief freudestrahlend auf sie zu. „Das ist schon etwas ganz anderes, als sein Leben in Bodennähe zu ver-
bringen."

Sie lockte ihn mit ihrem rechten Zeigefinger. „Du traust
dich sicher."

Behände kletterte er die Leiter hoch. „Erst bin ich über der Kopfhöhe, dann noch ein Stückchen höher."

Oben angekommen, setzte er sich an den Rand, schlenkerte die Beine. „Doch was mache ich, wenn ich die Höhe erreicht habe?"

Sie schubste Golo nach vorn. „Wir kommen zu dir."

Er wechselte das Standbein, um den Schubs auszugleichen. „Ich spaziere lieber, weil sich da der Blickpunkt stets verändert."

Die Frau stieg die Leiter hoch, nahm neben dem Mann Platz. „Was machst du, wenn sie kippt?"

- „Dann müssen wir warten, bis er seinen Spaziergang absolviert hat", meinte er mit einem Blick auf Golo.

Sie stieß mit dem Fuß die Leiter um. „Schon ist es passiert."

Mit einem fröhlichen Blick wandte sie sich an Golo. „Du lässt uns doch hoffentlich nicht allzu lange sitzen."

Er stellte die Leiter wieder an. „Das habe ich nicht vor. Ihr könnt euch frei bewegen, und ich auch."

Die Frau guckte den Mann fragend an. „Steigst du jetzt hinunter?"

Er entgegnete: „Ich bleibe noch eine Weile. Mich nimmt wunder, was du als nächstes ausheckst."

Sie bestritt es heftig: „Ich hecke doch nichts aus."

Golo folgte dem verspielten Zickzackkurs des Flusses, hörte ihre Stimmen über dem Wasser, bis sie verklangen. Ginster und Farnkraut wuchsen am Ufer.

Eine Frau bahnte sich einen Weg durchs grüne Dickicht. „Möchtest du dich in eine Briefmarke verwandeln?"

Golo sagte mit einem vorsichtigen Lächeln. „Eigentlich bin ich gern ein Mensch. Worin liegen denn die Vorzüge, die das Leben einer Briefmarke mit sich bringt?"

Sie zählte sie auf: „Du wirst zackig, klebst zwar fest, gehst aber doch auf eine Reise und siehst, wenn der Brief ankommt, die Freude des Empfängers."

Ein Mann drückte sich durch die windschiefen Büsche. „Briefmarken sorgen für Aufsehen und viele Komplimente. Am liebsten würde ich mich sofort in eine verwandeln."

Die Frau bat ihn, die Augen zu schließen. „Stell dir vor, dass du immer kleiner und platter wirst, aber zackig an den Rändern."

Der Mann senkte die Lider, schrumpfte, flatterte als Briefmarke in den Kies. Die Frau nahm ein Couvert aus der Tasche, las die Marke auf, klebte sie an den rechten oberen Rand. „Jetzt brauchen wir nur noch einen Briefbogen. Den könnten wir beschreiben und in der Mitte falten."

Sie sah sich um. Auf einer Anhöhe stand eine von Brombeerbüschen umrankte Villa. „Da gehen wir hin, klopfen an und bitten um Briefpapier."

Golo umfing mit der rechten Hand den linken Unterarm. „Ich bleibe auf dem Uferweg."

Sie spähte zur Villa hinauf, schätzte die Distanz ein. „Ich bin schnell zurück. Dann hole ich dich ein, und wir schreiben gemeinsam den Brief. Du kannst dir in der Zwischenzeit überlegen, wer ihn empfangen soll."

Golo wollte noch einwenden, dass er nicht sehr viele Menschen kenne. Doch da war sie schon auf und davon. Ruhig setzte er seinen Gang fort. Die Wurzeln urwüchsiger Bäume griffen in den Fluss.

Mit den Händen ein Herz

Mit den Händen ein Herz

.

Mit den Händen ein Herz